Ödön von Horváth zeigt sich in seinen Werken als Meister der zugespitzten und mitunter auch überspitzten Welt- und Menschenbeobachtung. Seine gezielt gesetzten Pointen strotzen vor Sarkasmus und Galgenhumor. Doch läßt er es nie an Warmherzigkeit für die Welt und seine Bewohner fehlen. Vorlagen für seine Figuren, Dialoge, Erzählungen und Beobachtungen holte er sich aus dem geschäftigen Leben der Kleinbürgerwelt, dort, wo der Grad zwischen vergnüglichem Miteinander und menschlichem Abgrund sehr schmal sein kann: in Kaffeehäusern, Bordellen und Spelunken, im Wiener Prater und auf dem Münchner Oktoberfest. »Man wirft mir vor, ich sei zu derb, ekelhaft, zu unheimlich, zu zynisch und was es dergleichen noch an soliden, gediegenen Eigenschaften gibt – und man übersieht dabei, daß ich doch kein anderes Bestreben habe, als die Welt zu schildern, wie sie halt leider ist.« *Ödön von Horváth*

Ödön von Horváth wurde am 9. Dezember 1901 in Fiume, dem heutigen Rijeka/Kroatien, geboren. Für sein Bühnenstück *Geschichten aus dem Wiener Wald* erhielt er 1931 den Kleist-Preis. Der Roman *Jugend ohne Gott* wurde von Michael Knof für die Deutsche Film AG (DEFA) inszeniert (1991) und ist in der filmedition suhrkamp erhältlich. Ödön von Horváth starb am 1. Juni 1938 in Paris, erschlagen von einem herabstürzenden Ast.

Christoph Nußbaumeder wurde 1978 in Eggenfelden/Niederbayern geboren. Er lebt und arbeitet als freier Schriftsteller und Dramatiker in Berlin.

insel taschenbuch 3276
Horváth für Boshafte

Horváth
für Boshafte

Ausgewählt und mit
einem Nachwort versehen von
Christoph Nußbaumeder
Insel Verlag

Umschlagabbildung: Till Runkel
www.tillustration.de

insel taschenbuch 3276
Originalausgabe
Erste Auflage 2010
© Insel Verlag Berlin 2010
Quellenverzeichnis am Schluß des Bandes
Vertrieb durch den Suhrkamp Taschenbuch Verlag
Umschlag nach Entwürfen von Willy Fleckhaus
Satz: Hümmer GmbH, Waldbüttelbrunn
Druck: Druckhaus Nomos, Sinzheim
Printed in Germany
ISBN 978-3-458-34976-1

1 2 3 4 5 6 – 15 14 13 12 11 10

Inhalt

Horváth für Boshafte

Von Liebe und Glücksansprüchen

Wenns mir schlecht geht, dann denk ich mir immer, was ist ein Mensch neben einem Stern. [5, 79]

Das Glück ist eine reine Geldfrage und sonst nichts. [14, 63]

Seitdem ich sah, daß heiligstes Glück zu widerwärtigstem Unglücke werden muß, vergaß ich das Hoffen. [1, 15]

Es dürfte zu furchtbar sein, die Nichtigkeit des höchsten Glückes zu sehen. [1, 178]

Nämlich ich bin so menschlich, daß mir nichts Menschliches fremd ist, und deshalb versteh ich es ja auch, wie man ein Fräulein verkaufen kann, verdamm es nicht, sondern beteilige mich gegebenenfalls. Aber gerade dieses eine Fräulein – sie ist mir doch immerhin mal nahe gestanden. [1, 276]

Wenn die Lieb erwacht, sitzt der Verstand im Hintern! [4, 147]

KASIMIR Und dennoch hab ich harter Mann die Liebe schon gespürt – – und die ist ein Himmelslicht und macht deine Hütte zu einem Goldpalast – – und sie höret nimmer auf, solang du nämlich nicht arbeitslos wirst. Was sind denn das schon überhaupt für Ideale von wegen dem seelischen Ineinanderhineinfließen zweier Menschen? Adam und Eva! Ich scheiß dir was auf den Kontakt – – da hab ich jetzt noch ein Kapital von rund vier Mark, aber heut sauf ich mich an und dann häng ich mich auf – – und morgen werden die Leut sagen: Es hat einmal einen armen Kasimir gegeben – –

DER MERKL FRANZ Einen Dreck werden die Leut sagen! Da sterben ja täglich Tausende – – und sind schon vergessen, bevor daß sie sterben! Vielleicht, daß wenn du ein politischer Toter wärst, nachher tätst noch mit einem Pomp begraben werden, aber schon morgen vergessen – – vergessen!

KASIMIR Ja man ist ziemlich allein.

DER MERKL FRANZ Prost Arschloch!   [5, 105]

AUFSICHTSRAT Übrigens: nettes Mädel das hier. Frisch! Aber dreckig! Die kommen ja nie zum Baden. *Er lacht.* Wissen Sie, ich habe mich nämlich so gefragt: wie halten Sie das aus, so vier, fünf Monate ohne Weiblichkeit? Pardon, ich wollte nicht indiskret –

INGENIEUR Oh, bitte.

AUFSICHTSRAT Ich glaube, Sie können gar nicht lieben. Sie sind so ein Höhlenheiliger, was?

INGENIEUR Ich weiß nicht, was Sie unter »Liebe« verstehen.

AUFSICHTSRAT Ich habe Sie im Verdacht, daß Sie nicht wissen, was Liebe ist. Liebe ist das Köstlichste, ein Geschenk des Himmels. Gott! Jeder Mensch hat doch einen, dem sein Herz gehört – – ich hänge sehr an meinen Kindern, aber ich sehe sie nie, man ist zu sehr im Joch. – – Sie haben keinen Familiensinn. Sie sind trotz Ihrer Arbeit ein destruktiver Mensch, haha, guter Witz!

INGENIEUR Verzeihen Sie, daß ich Sie im Essen störe. Ich muß leider wieder fort. Darf ich bitten?

AUFSICHTSRAT *erhebt sich und folgt dem Ingenieur.*

[1, 114]

Du kannst nicht lieben, du kannst nur lieb sein.   [2, 25]

ADELE Ich möcht am liebsten nirgends mehr hin.

STADTRAT Eine ausgezeichnete Idee! *Er läßt sie stehen; zu Betz.* Meine Frau, was?
Er grinst und droht ihr schelmisch mit dem Zeigefinger. Wenn du zum Weibe gehst, vergiß die Peitsche nicht.

BETZ Das ist von Nietzsche.

STADTRAT Das ist mir wurscht! Sie folgt aufs Wort. Das ist doch ein herrlicher Platz hier! Diese uralten Stämme und die ozonreiche Luft – *Er atmet tief.*

BETZ Das sind halt die Wunder der Natur.

STADTRAT Die Wunder der Schöpfung – es gibt nichts Herrlicheres. Ich kann das besser beurteilen, weil ich ein Bauernkind bin. Wenn man so in den Himmel schaut, kommt man sich so winzig vor – diese ewigen Sterne! Was sind wir daneben?

BETZ Nichts.

STADTRAT Nichts. Gott hat doch einen feinen Geschmack.

BETZ Es ist halt alles relativ.
Stille.

STADTRAT Du, Betz, ich hab mir ein Grundstück gekauft.

BETZ Wo denn?

STADTRAT Fast ein Tagwerk. Mit einer Lichtung. – Schau, lieber guter Freund, die Welt hat Platz für anderthalb Milliarden Menschen, warum soll mir da nicht von dieser großen Welt so ein kleines Platzerl gehören –

[3, 95]

Wenn sogar Amor es nicht fertigbringt, daß einer für einen stiehlt, dann gibt es keine Hilfe mehr.   [10, 266]

Denn was ist der Grund zur größten Wut? Wenn man ein lebendes Wesen an der Ausübung des Geschlechtsverkehrs hindert, das ist halt eine Urwut!   [12, 211]

SCHUPO Mir scheint, ich bin krank. Schon seit einer ganzen Zeit. Wenn ich mich niederleg, werd ich wach, und wenn ich aufsteh, schlaf ich ein.
KAMERAD Das sind die Nerven.
SCHUPO *lächelt geschmerzt:* Weißt, ich hab halt eine kleine Aufregung hinter mir.
KAMERAD Dienstlich?
SCHUPO Nein. Privat. Betreffs eines Weibes. Da stellst dich hin und machst alles für so ein Menschenkind, zahlst ihr das Leben, schenkst ihr deine intimsten Gefühle, deine freie Zeit, dein gutes Geld – – und das Resultat? Du bist der Lackierte.
KAMERAD Undank ist der Welt Lohn.
SCHUPO Manchmal fang ich schon zum Grübeln an.
KAMERAD Also nur das nicht! Grübeln ist Gift!
SCHUPO Von mir aus. Schau – zum Beispiel meine erste Braut, mit der ich sehr harmonisiert habe, die ist mir weggestorben. So bin ich beinander. Die eine stirbt, die

andere lügt. Lauter blutige Enttäuschungen. Ich find keinen Menschen, dessen Liebe mir etwas gibt.

[6, 56]

Liebe ist ein privates Problem der individuellen Anarchie und alles Individuelle interessiert uns politisch einen Dreck.   [8, 143]

Die Erotik, Sie Herr Baron, kennt keinen Standesunterschied, vorausgesetzt, daß ein Auto vorhanden ist. Da wiegen andere Unterschiede! Solider Brustumfang und so!

[1, 176]

Die Liebe ist allerdings ein Vesuv, der in einer Tour ausbrechen möcht, aber ein Sklave hat kein Krater zu sein, sondern höchstens ein sanfter Hügel!   [10, 190]

Aus Liebe tun sich ja heut nur noch die Kinder was an!

[12, 247]

Mit der Liebe kommt man in den Himmel, mit dem Haß werden wir weiterkommen – –   [14, 23]

Wenn man nämlich bekanntlich das Wort Liebe in den Mund nimmt, dann muß man vorsichtig werden. Und zwar automatisch, weil nämlich die Liebe etwas überaus Hinterlistiges ist, da man sie mit dem puren Intellekt nirgends festnageln kann.   [I, 125]

DER JUNGE MANN – Ich hörte einmal ein Märchen erzählen von einer kleinen schwarzhaarigen Prinzessin. Die war

15

die Tochter eines steinreichen Königs, der einem Lande befahl, das eine weite Wüstenei war.

Und er liebte sein Kind so sehr, daß er es vor den Menschen behüten wollte.

»Die lügen –«, knurrte er mit lebendem Barte, wenn Mütter ihre Kinder und Männer ihre Frauen und Söhne ihre Väter beklagten.

Und ein jedesmal, wenn der erste Lichtstrahl die Nacht aus den verdorrten Geästen der schlanken Zypressen scheuchte, daß sie sich reckten und streckten, sah man viele Erhängte.

Doch der König vergaß all das, wenn er mit der Prinzessin zu Füßen seines purpurnen Thrones am weichen Eisbärfelle spielte.

Und da geschah es auch, daß er lachte.

Und wurde er einsam, so erkannte er: sie darf nicht erfahren, was leben ist: denn Leben ist Elend.

Und er baute ihr mit des Volkes Händen ein Schlößchen aus edelsten Steinen auf dem höchsten der hohen Glasbergketten. Da war alles das Kostbarste: der Boden aus Persien, das Bett aus Zedernholz vom Libanongebirge und die kleinen Pölster und Decken aus Seide aus dem Reiche der Mitte.

Da hauste sie lange Zeit.

Und obwohl sie vom Elend nie etwas hörte noch sah, war sie doch nicht glücklich. Eine Sehnsucht nach etwas Schönem lebte in ihr, das nur so lange schön war, solange es unbekannt blieb –

DAS MÄDCHEN – Und eines klangvollen Frühmorgens kam ein Prinz weit her über das mächtige wogende Meer. Er ließ sich Schuhe mit eisernen Nägeln anfertigen, die waren so groß wie die Nase eines vertrunkenen Riesen und so scharf, wie die Zähne eines Leoparden. Und sechsmal mußte er umkehren.

Aber zum siebten Male, nachdem er sieben Nächte und Tage geklettert war und sein Leben in höchster Gefahr schweben sah, erfaßte er den sonnenbeschienenen Gipfel.

Und trat ein in das Schloß.

Und die Prinzessin erschrak furchtbar und wurde ohnmächtig: sie hatte noch nie einen Prinzen gesehen.

Und dann, als sie die Augen in die seinen hob, staunte sie ihn an und hatte ein Gefühl, das sich ihr bisher nur ahnend offenbarte.

Und sie glaubte, sie habe sich überessen, doch dann sah sie, daß alles unberührt in den goldenen Schüsselchen lag: der Taubenbraten, das saftige Obst und der süße Wein –

Da fühlte sie zum ersten Male, daß sie verliebt war, und sie ließ den Prinzen gewähren und sie rutschten hinab an den Gebirgswänden und gingen in die weite Wüste –

[1, 13 f.]

Mutmaßungen über Gott

MARIANNE Ich hab mal Gott gefragt, was er mit mir vor-
hat. – Er hat es mir aber nicht gesagt, sonst wär ich nämlich nicht mehr da. – Er hat mir überhaupt nichts gesagt. – Er hat mich überraschen wollen. – Pfui!

OSKAR Marianne! Hadere nie mit Gott!

MARIANNE Pfui! Pfui! *Sie spuckt aus.*
Stille.

OSKAR Mariann. Gott weiß, was er tut, glaub mir das.

MARIANNE Kind! Wo bist du denn jetzt? Wo?

OSKAR Im Paradies.

MARIANNE So quäl mich doch nicht –

OSKAR Ich bin doch kein Sadist! Ich möcht dich doch nur
trösten. – Dein Leben liegt doch noch vor dir. Du stehst
doch erst am Anfang. – Gott gibt und Gott nimmt.

MARIANNE Mir hat er nur genommen, nur genommen –

OSKAR Gott ist die Liebe, Mariann – und wen er liebt, den
schlägt er –

MARIANNE Mich prügelt er wie einen Hund!

OSKAR Auch das! Wenn es nämlich sein muß.   [4, 206]

Gott muß mich lieben, daß er mich so straft.   [II, 63]

Der liebe Gott ist nur eine Illusion, um die ausgebeuteten
Massen auf ein »Jenseits« vertrösten zu können.   [9, 39]

Ja, der Mensch dürfte wohl böse sein und das steht auch
schon in der Bibel. Als es aufhörte zu regnen und die Wasser der Sündflut wieder wichen, sagte Gott: »Ich will hin-

fort nicht mehr die Erde strafen um der Menschen willen, denn das Trachten des menschlichen Herzens ist böse von Jugend auf.« [13, 15]

Doch wen die Götter vernichten wollen, dem nützt der gute Wille nichts. [1, 143]

Wen die Götter vernichten wollen, bei dem beginnts im Hirn. [7, 264]

Der Mensch denkt und Gott lenkt. [4, 130]

Es gibt einen lieben Gott, aber auf den ist kein Verlaß. Er hilft nur ab und zu, die meisten dürfen verrecken. Man müßte den lieben Gott besser organisieren. Man könnte ihn zwingen. Und dann auf ihn verzichten. [1, 207]

Ein Moor friert nie zu, und es zieht dich hinab, gnädiger Herr, wenn du nicht weißt, wo der liebe Gott wohnt.
[9, 64]

Heute glaube ich an Gott. Aber ich glaube nicht daran, daß die Weißen die Neger beglücken, denn sie bringen ihnen Gott als schmutziges Geschäft. [13, 126]

Wenn ich der liebe Gott wär, würd ich alle Menschen gleich machen. Einen wie den anderen – gleiche Rechte, gleiche Pflichten! Aber so ist die Welt ein Saustall.
[14, 83]

Abends betete sie vor dem Einschlafen, ohne zu wissen, was sie daherplapperte, aber es wurde ihr so schon in frühester Jugend eingetrommelt, frei nach dem Nancyger Apotheker, daß sie ein sündiger Mensch sei und daß Gott ihr die Sünden vergeben möge. Ihre Sünden bestanden vorerst darin, daß sie die Butter mit den Fingern angriff, sich des öfteren bemachte und furchtbar schrie, wenn man sie in einer dunklen Kammer allein ließ. Sie hatte Angst vor dem Kaminkehrer. Und, daß sie Pepperl, dem Hunde, auf die Schnauze küßte. [I, 26]

Wen die Götter vernichten wollen, dem nehmen sie zuerst den Verstand. [II, 68]

Der Satte engagiert sich den lieben Gott als Schützer seines Eigentums – [II, 79]

Später kam Gott auf eine sehr gute Ausrede. Er sagte, er hätte es sich überlegt. Die Dyphterie sei ab heute eine Harmlosigkeit. Aber die Menschen sollen nur nicht zu frech werden, denn zum Beispiel Zuckerkranke sind immer noch unheilbar.

Gott ersann immer neue Bazillen. Seine Erfindungsgabe ist göttlich.

Aber der Mensch wehrte sich: je nach Geldbörse.

Und Gott sprach: Es werde Krieg!

Und es ward Krieg. Und Gott sah, daß es gut war.

[I, 27]

Flüche und Verächtlichkeiten

Du sprichst so blöd, wie ein gescheiter Mensch! [7, 193]

Halts Maul, damischer Wanderapostl! Predig in der Höll!
I glaub and Faust! [1, 53]

Er sprach über Lyrik, obwohl er doch merken mußte, daß
ich nichts davon verstand, und schielte dabei fortgesetzt
auf mein Käsebutterbrot, daß mir der Brocken im Rachen
stecken blieb. War dies Schielen eine Bosheit, für die man
noch Verständnis haben konnte, eine Bosheit aus Verärge-
rung: sich trotz seiner geistigen Überlegenheit kein Käsebutterbrot leisten zu können – – so war das Gerede über
Lyrik eine glatte Gemeinheit. Denn dadurch, daß ich ihn
nicht verstand, setzte er mir ja ständig auseinander, in vor-
wurfsvollem Tone, daß er mehr sei, als jemand, der sich
ein Käsebutterbrot leisten könne, obwohl er selbst sich kei-
nes leisten konnte. Eine Gemeinheit diese Selbstbeweih-
räucherung, indem man einem Menschen den Appetit ver-
dirbt, nur weil er nichts von Lyrik versteht und man selbst
kein Käsebutterbrot fressen kann!
   Doch heute will ich nicht schimpfen, heute nicht! Man
soll nichts Böses über Tote sagen. Soeben erhielt ich nämlich die Nachricht, daß er gestorben sei. [11, 164]

Da liest überall vom Fortschritt der Menschheit und die
Leut bekränzn an Ingenieur, wie an Preisstier, die Direk-
ter sperrn die Geldsack ind Kass und dem Bauer blüht der
Fremdenverkehr. A jede Schraubn werd zum »Wunder

der Technik«, a jede Odelgrubn zur »Heilquelle«. Aber,
daß aner sei Leben hergebn hat, des Blut, werd ausradiert!

[1, 60]

Sie sind sogenannter Pazifist. Das heißt: Ein Schuft ohne
väterländisches Verantwortungsgefühl. [2, 49]

KARL *sieht Max nach:* Ein geborener Verbrecher.
STRASSER Die Alte behauptet, er hätte eine reine Seele.
KARL Aber dreckige Füße. [1, 140]

Ich glaube, du hast für den Himmel zuviel Verantwortungsgefühl. Du kommst in die Hölle. [8, 133]

Wir haben nur unsere Gaumen benetzt, den Schlund, die
Schlünde – im roten Aar, im bleichen Bock, weiß der Satan wo! Aber die verträgt ja nichts, deine Schwester ist,
was Alkohol anbelangt, eine Fehlgeburt! Nach dem vier-
ten Glas hat sie schon gesungen, und dann hat sie die Kot-
flügel vollgespien – du, die kann singen! [1, 156 f.]

Sollte ein Sklave schlafen wollen, so wird er lebendig begraben, und wenn er widerspricht, wird ihm die Zunge
herausgerissen, und will er nicht hören, die Ohren abge-
sägt, und geht er auf mich nicht ein, wird er kastriert!

[1, 195]

R wie Rembrandt, äu wie Euter, d wie Daheim, i wie Inzest, g wie gebenedeit. [1, 196]

Oh du dreiundreißigjähriger angenagelter Himmiherr-gott! [3, 117]

Sagt das dumme Luder nicht, daß meine Blutwurst nach-gelassen hat – meiner Seel, am liebsten tät ich so was ab-stechen, und wenn es dann auch mit dem Messer in der Gurgel herumrennen müßt, wie die gestrige Sau, dann tät mich das nur freuen! [4, 110]

Wohlfahrtsamt. Arbeitsamt. Berufsgenossenschaft. Inva-lidenversicherung. Spruchausschuß – Auf Wiedersehen im Massengrab! [6, 34]

Friede auf Erden den Menschen, die unter der Erde lie-gen! [11, 175]

REITER Des is ja gar ka Direkter, des is an Aufsichtsrat.
SIMON Richti! Des san die, die allweil aufpassn, ob die andern net faulenzen. Dabei sitzens in lauter Schaukel-stühl und schnupfn. [1, 58]

Die Großmutter sitzt in ihrem Sorgenstuhl und liest einen Brief. Die Magd scheuert den Boden.
GROSSMUTTER Er ist noch immer krank, sonst wär er schon da. Er schreibt, er wär mal schwerverwundet ge-wesen und da hätt er es erst gefühlt, daß man nur einer gehört. Jaja, der Herr hatte Angst vor der Hölle und hat sichs vorgenommen, alles wieder gutzumachen – –
Sie kichert grimmig.
MAGD Sollten Sie ihm nicht schreiben, daß das arme Fräu-lein längst nicht mehr ist?

GROSSMUTTER Kümmer dich um den Boden!

MAGD Es ist schon der fünfte Brief – –

GROSSMUTTER Er soll nur noch schreiben, bis ihn der Teufel holt! *Sie blickt wieder in den Brief und grinst.* Er sucht ja seine Seele – –

MAGD *fährt sie plötzlich an:* Lassen Sie die Toten ruhen! *Stille.*

GROSSMUTTER Du weißt, was er ihr angetan hat, du weißt es, wie sie gestorben ist – – jetzt soll er sie nur suchen, ich will es ihm selber sagen, daß er sie umgebracht hat. Nur das will ich noch erleben, daß er kommt – –

[9, 27 f.]

Sowie er jetzt kommt, sag ich es ihm ins Gesicht, wer er ist: das Letzte auf der Welt. [9, 44]

Jessas, jetzt kommt ja die wandelnd Nächstenlieb! Stehts auf allesamt! Zu! Präsentiers der frommen Seel! Dem verschleimt Apostel, der Wasser predigt, Luft frißt und do nur Dreck scheißt! [1, 55 f.]

Wer bist denn du? Eine brave Beamtenwitwe, die meint, wenn sie sich einem Mann hingibt, dann stürzt sofort ein Stern vom Himmel! [9, 50]

DON JUAN *fällt ihr wieder ins Wort:* Ich werd immer ausgebeutet.

ERSTE *höhnisch:* Von wem denn?

DON JUAN Von euch Weibern. Aber ich zahls euch auch heim. Alle unter euch, die mir nicht gefallen können – – das sind für mich keine Menschen.

ERSTE Für Sie beginnt also eine Frau erst ein Mensch zu
    werden, wenn sie Geld hat, um sich herrichten zu kön-
    nen? Ich sitz im Büro und verdien fast nichts! Und all
    die Millionen in den Fabriken, die jung verwelken – –
    für all die haben Sie gar kein Herz?!
DON JUAN Nein. Das ging nämlich zu weit.
ERSTE Sie sind ein atavistischer Verbrecher!   [9, 59]

Was seh ich? Schon wieder ohne Hut in der Sonne? Du,
wenn du mir Sommersprossen kriegst, dann paß aber
auf! Du bildest dir wohl ein, daß dein Gesicht dir gehört?
Marsch, hol dir sofort einen Hut!   [10, 160]

Ansonsten hatte Emil Sommersprossen, Pickel auf Stirn,
Nase und Kinn, finstere Fingernägel, altmodische Halb-
schuhe und eine einzige Krawatte. Diese Krawatte war
so unwahrscheinlich dünn, so ausgedörrt und abgemagert,
als irrte sie ständig durch Wüsten ohne Wasser und hätte
bereits als Säugling gefastet. Und zerfranst war sie und
schlecht gebunden auch. Eine richtig traurige Krawatte,
verschlampt und verkommen, einsam und sentimental.

  Sie hätte Emils schwache Schwester sein können, gewisse unableugbare Familienähnlichkeiten waren vorhanden, nur daß Emil nicht zur Zierde geboren worden war,
sondern zu Höherem ausersehen sich dünkte. Kraft hier-
zu fühlte er in sich. Eine Kraft, die ihn aufhorchen ließ.

  Sonst horchte niemand. Keiner, außer er selbst, sah den
Unterschied zwischen Krawatte und Emil. Ja, man ver-
wechselte sogar die beiden miteinander, und dies nicht
nur aus Unfähigkeit zu formulieren. Und die Frauen, die
sahen überhaupt nur die Krawatte.   [11, 165]

Der Doktor Perzl ist Anno Domini 1907 ein Opfer seines Berufes geworden. Er hatte sich mit der Leiche einer seiner Patientinnen infiziert. Wie er die nämlich auseinandergeschnitten hatte, um herauszubekommen, was ihr eigentlich gefehlt hätte, hatte er sich selbst einen tiefen Schnitt beigebracht, so unvorsichtig hat er mit dem Seziermesser herumhantiert, weil er halt wieder mal besoffen gewesen ist. Es hat allgemein geheißen, wenn er kein Quartalssäufer gewesen wär, so hätt er eine glänzende Zukunft gehabt.   [12, 138]

Ehre deinen Vater, auf daß du ihn auspressen kannst.
                                                    [14, 74]

Du bist ein junger Mensch und deine Worte zittern auf der Krücke des Greises.   [II, 23]

Man muß sich von dem Vorurteil frei machen, daß die Preußen auch Menschen sind.   [I, 96]

Es wäre leichter im Frühjahr Grashalme, im Sommer die Ähren, im Herbste die [Fechsung], im Winter die Schneeflocken zu zählen, die Sterne des klaren Himmels oder die Sandkörner der Wüste, wie ihre Sünden herzusagen und zu benennen.   [II, 28]

Plötzlich fühlte sie, daß ihr verstorbener Gatte hinter ihr steht. »Schau mich nicht so an!« brüllte sie. »Pardon! Du hast Krampfadern«, sagte der ehemalige Honorarkonsul und zog sich zurück in die Ewigkeit.   [12, 137]

Eine pariser Kokotte mit einem Holzbein besitzt immer noch bedeutend mehr Charme als eine Berlinerin mit sämtlichen Gliedmaßen. [11, 94]

Gesellschaftliche Ausblicke
und Zustände

Alles Denken ist ihnen verhaßt.

Sie pfeifen auf den Menschen! Sie wollen Maschinen sein, Schrauben, Räder, Kolben, Riemen – doch noch lieber als Maschinen wären sie Munition: Bomben, Schrapnells, Granaten. Wie gerne würden sie krepieren auf irgend einem Feld! Der Name auf einem Kriegerdenkmal ist der Traum ihrer Pubertät. [13, 24]

SLADEK In der Natur wird gemordet, das ändert sich nicht. Das ist der Sinn des Lebens, das große Gesetz. Es gibt nämlich keine Versöhnung. Die Liebe ist etwas Hinterlistiges. Liebe, das ist der große Betrug. Ich habe keine Angst vor der Wahrheit, ich bin nämlich nicht feig.

FRANZ Ich auch nicht.

SLADEK Das weiß ich. Aber du hast da einen Denkfehler. Lach mich nicht aus, bitte.

FRANZ Ich lach nicht.

SLADEK Du denkst nämlich immer daran, das ganze Menschengeschlecht zu beglücken. Aber das wird es nie geben, weil doch zu guter Letzt nur ich da bin. Es gibt ja nur mich. Mich, den Sladek. Das Menschengeschlecht liebt ja nicht den Sladek. Und wie es um den Sladek steht, so geht es den Völkern. Es liebt uns zur Zeit niemand. Es gibt auch keine Liebe. Wir sind verhaßt. Allein.

FRANZ Was verstehst du unter dem Wir?

SLADEK Das Vaterland.

FRANZ Was verstehst du unter Vaterland?

SLADEK Zu guter Letzt mich. Das Vaterland ist das Land, wo man hingeboren wird und dann nicht heraus kann, weil man die anderen Sprachen nicht versteht. Nämlich alle Theorien über den sogennanten Marxismus, die kommen für mich heut nicht in Betracht, weil ich selbständig denken kann.

FRANZ *spöttisch:* Du denkst zu selbständig.

SLADEK Man muß. Man muß. Es kann ja sein, daß mal wieder alle armen Leut gegen die Reichen ziehen, aber das ist, glaub ich, aus. Sie haben ja die Roten erschlagen. Viele Rote. Ich war nämlich bei Spartakus. Nur im Geist, aus besonderen Gründen. Damals hab ich ein Lied gehört, daß das Herz links schlägt, aber es gibt ja kein Herz, es gibt nur einen Muskelapparat. Bist du für diese Republik?

FRANZ Das ist noch keine Republik, das wird erst eine.

SLADEK Das ist nichts und wird nichts, weil es nämlich auf einer Lüge aufgebaut ist.

FRANZ Auf was für einer Lüge?

SLADEK Daß es eine Versöhnung gibt.

FRANZ Wenn es keine Versöhnung gäbe, so müßte man sie erfinden.

SLADEK *lächelt:* Du bist nicht dumm.

FRANZ Wieso?

Stille.

Ich lüge nie.

SLADEK In der Natur wird gemordet, das ändert sich nicht.

FRANZ Heute ist allerdings die ganze Welt voll Blut und Dreck.

SLADEK Ich denk nicht an morgen. Ich leb ja vielleicht

nur heut. Heut sind alle Staaten gegen uns. Sie besetzen unser Land, drücken uns zusammen. Weil wir wehrlos sind, das ist dann immer so. Es würde nichts schaden, wenn noch einige Millionen fallen würden, wir sind nämlich zu viel. Wir haben keinen Platz. Wir verbreiten uns, als hätts keinen Weltkrieg gegeben. Es wird bald alles eine Stadt, das ganze deutsche Reich. Wir brauchen unsere Kolonien wieder, Asien, Afrika – wir sind wirklich zuviel. Schad, daß der Krieg aus ist!

FRANZ Du wagst es zu bedauern, daß der Krieg aus ist?

SLADEK Ja. Ich wags.

FRANZ Bist du ein Mensch?

SLADEK Ich bin ein Mensch, es ist aber immer Krieg.

[2, 16 f.]

Der A. G. ist es völlig piepe, ob sie an Konserven, Spielwaren oder Bergbahnen verdient. Mann, es geht um die A. G. und nicht um Ihre Beschäftigung! Jeder Tag mehr kostet uns Herzblut. Wir verlieren die Mehrheit und unsere Millionen werden Nullen vor der Zahl.   [1, 116]

Es waren drei Wochen vergangen seit dieser Redoute, der Fasching war aus, die Starkbiersaison begann, München flaggte zum Nationalfeiertag und es gab zwei Wochen hindurch täglich fünf- bis sechstausend Betrunkene. Die Straßenbahnen konnten nicht weiterfahren, weil sich die Leute auf den Schienen auszogen, es wurden im ganzen zweiundzwanzig Leute erstochen, darunter zweiundzwanzig Norddeutsche, drei erschossen, einer hat sich selbst erschossen, aus lauter Gemütlichkeit. Die Leute standen von den Tischen nicht mehr auf, kotzten daneben hin, sangen: Deutschland, Deutschland über alles, versicherten im Chor, daß es nur ein Loisachtal gibt, und frugen sich gegenseitig, ob sie auch das Tal im »Alpenglühen« kennen, Bayrischzell und die Alpenkönigin Edelweiß. Drei Frauen und neun Männer wurden vergewaltigt und siebzehntausendzweiundzwanzig Ehen gebrochen und ungefähr dasselbe fast gebrochen. Vornehme Damen traten einfach heraus und pißten auf die Straße, die Schutzmänner hatten anstrengenden Dienst. In einer Bierbude saßen zehn Männer um einen Tisch. Der eine wollte sich den Mantel holen, sah aber, daß er gestohlen war, sprang auf den Tisch und schrie: »Damit ihr seht, wie ich mir das zu Herzen nehme, erschieß ich mich«, und zog einen Revolver und erschoß sich. Fiel tot über den Tisch, an dem sein Bruder saß, der sagte nur: »Is dös aba a Witz, jetzt derschieaast si der wegn an Mantl.« Das Blut rann mit dem Bier zusammen und die Ordner schafften die Leiche aus dem Saale. Es war sehr gemütlich.   [I, 23]

Die Masse macht es nicht! Qualität ist Trumph! Einer zählt für zwanzig, wenn er eine Persönlichkeit ist!

[I, 138]

Manchmal ist halt auch bei einem Hitlermann der Geist willig und das Fleisch schwach. Und er sagte: »Nein, ich bin kein Hitler nicht.« – So hatte er seinen Hitler verleugnet, ehe die dritte Française getanzt war.

Aber hernach hat er es mit den Gewissensbissen bekommen und nicht zu wenig. Er ist ganz dasig an den Tisch seiner Parteigenossen zurückgekehrt und hat sich einen furchtbaren angetrunken vor lauter Zerknirschung. Düster hat er vor sich hingestarrt und gegrübelt, eine lange Zeit. Dann ist er plötzlich aufgesprungen und hat losgebrüllt: »Ja Herrgottsakrament, sind wir denn noch in Deutschland oder nicht?!« Man beruhigte ihn und setzte ihm auseinander, daß er sich noch in Deutschland befände, und zwar mitten in München, aber er wollte es nicht glauben. Er lallte nur Abwegiges vor sich hin und wankte benommen. Man führte ihn hinaus in die frische Luft. Ein feiner Nebel lag über dem Asphalt, und wenn er sich nicht hätt übergeben müssen, dann hätt er die Sterne der Heimat gesehen. [11, 143]

Wissens, so a Delinquenterl is halt nur a arms Hascherl, aber man muß ihm halt derschiessn, wo bleibtn sunst die Autorität? Es muß halt sein, in Gotts Namen! [1, 243]

Plebs bleibt Plebs. Gäbs keine Neger am Rhein und keine Inflation, fühlten sich unsere Deutschen in Schwarzrotdreck sauwohl. [2, 44]

Ich bin Soldat. Ich hab einen traumlosen Schlaf. [2, 51]

Wir müssen bei einer bestimmten Grenze aufhören zu denken, das ist ein ungeschriebenes Gesetz. Ich habe kein Recht, das Hoffen des einzelnen Menschen auf den Frieden zu zerstören. Ich habe die Pflicht zum Betrug. Und ganz zu guter Letzt ist das ja gar kein Betrug, denn es dreht sich ja eigentlich nicht darum, wie es der Menschheit tatsächlich ergeht, sondern was sich der einzelne Mensch einbildet. [2, 58 f.]

Alle großen Männer waren Narren, lehrt die Geschichte.

[2, 77]

Während wir hier Familienfeste mit republikanischem Kinderballett arrangieren, arrangiert die Reaktion militärische Nachtübungen mit Maschinengewehren! [3, 39]

Ich protestiere gegen diese Verfälschung der wirklichen Verhältnisse durch die sogenannte Menschlichkeit des Herrn! [1, 277]

Herrschen tut der Profit. Also regieren die asozialen Elemente. Und die schaffen sich eine Welt nach ihrem Bilde.

[3, 76]

An unserem unerschütterlichen Friedenswillen werden alle Bajonette der internationalen Reaktion zerschellen!

[3, 101]

Ich denk jetzt an meinen Abort. Siehst, früher da waren nur so erotische Sprüch an der Wand dringestanden, hernach im Krieg lauter patriotische und jetzt lauter politische – glaubs mir: solangs nicht wieder erotisch werden, solang wird das deutsche Volk nicht wieder gesunden –

[3, 116]

Wer heutzutag vorwärtskommen will, muß mit der Arbeit der anderen arbeiten. [4, 104]

VALERIE *schadenfroh:* Was haben wir denn gewonnen, Herr Rittmeister? Das große Los?

RITTMEISTER *reicht ihr die Ziehungsliste wieder zurück:* Ich hab überhaupt noch nie was gewonnen, liebe Frau Valerie. Weiß der Teufel, warum ich spiel! Höchstens, daß ich meinen Einsatz herausbekommen hab.

VALERIE Das ist halt das Glück in der Liebe.

RITTMEISTER Gewesen, gewesen!

VALERIE Aber Herr Rittmeister! Mit dem Profil!

RITTMEISTER Das hat nicht viel zu sagen – wenn man nämlich ein wählerischer Mensch ist. Und eine solche Veranlagung ist eine kostspielige Charaktereigenschaft. Wenn der Krieg nur vierzehn Tage länger gedauert hätt, dann hätt ich heut meine Majorspension.

VALERIE Wenn der Krieg vierzehn Tag länger gedauer hätt, dann hätten wir gesiegt.

RITTMEISTER Menschlichem Ermessen nach –

VALERIE Sicher. *Ab in ihre Tabak-Trafik.*   [4, 112]

Eine Änderung der Produktionsverhältnisse kann und kann die Prostitution nimmermehr irgendwie, mit Verlaub zu sagen, beeinflussen! Alles auf das Materielle zurückzuführen, das hieße doch die Seele leugnen.

[1, 267]

Krieg ist ein Naturgesetz! Akkurat wie die liebe Konkurrenz im geschäftlichen Leben!   [4, 196]

KAROLINE Der Zeppelin, der fliegt jetzt nach Oberammergau, aber dann kommt er wieder zurück und wird einige Schleifen über uns beschreiben.

KASIMIR Das ist mir wurscht! Da fliegen droben zwanzig Wirtschaftskapitäne und herunten verhungern derweil einige Millionen! Ich scheiß dir was auf den Zeppelin, ich kenne diesen Schwindel und hab mich damit auseinandergesetzt – – Der Zeppelin, verstehst du mich, das ist ein Luftschiff und wenn einer von uns dieses Luftschiff sieht, dann hat er so ein Gefühl, als tät er auch mitfliegen – – derweil haben wir bloß die schiefen Absätz und das Maul können wir uns an das Tischeck hinhaun!

KAROLINE Wenn du so traurig bist, dann werd ich auch traurig.

KASIMIR Ich bin kein trauriger Mensch.

KAROLINE Doch. Du bist ein Pessimist.

KASIMIR Das schon. Ein jeder intelligente Mensch ist ein Pessimist. *Er läßt sie wieder stehen und haut abermals den Lukas; jetzt knallt es dreimal, er zahlt und bekommt drei Orden: dann nähert er sich wieder Karoline.* Du kannst natürlich leicht lachen. Ich habe es dir doch gleich gesagt, daß ich heut unter gar keinen Umständen auf dein Oktoberfest geh. Gestern abgebaut und morgen stempeln, aber heut sich amüsieren, vielleicht gar noch mit lachendem Gesicht!

KAROLINE Ich habe ja gar nicht gelacht.

KASIMIR Natürlich hast du gelacht. Und das darfst du ja auch – – Du verdienst ja noch was und lebst bei deinen Eltern, die wo pensionsberechtigt sind. Aber ich habe keine Eltern mehr und steh allein in der Welt, ganz und gar allein.

Stille.

KAROLINE Vielleicht sind wir zu schwer füreinander – –

KASIMIR Wie meinst du das jetzt?

KAROLINE Weil du halt ein Pessimist bist und ich neige

auch zur Melancholie – – – – Schau, zum Beispiel zuvor – – beim Zeppelin – –

KASIMIR Geh halt doch dein Maul mit dem Zeppelin!

KAROLINE Du sollst mich nicht immer so anschrein, das hab ich mir nicht verdient um dich!

KASIMIR Habe mich gerne! *Ab.*   [5, 12 f.]

KAROLINE Der Zeppelin, der fliegt jetzt nach Oberammergau.

SCHÜRZINGER Waren das Fräulein schon einmal in Oberammergau?

KAROLINE Schon dreimal.

SCHÜRZINGER Respekt!
Stille.

KAROLINE Aber die Oberammergauer sind auch keine Heiligen. Die Menschen sind halt überall schlechte Menschen.

SCHÜRZINGER Das darf man nicht sagen, Fräulein! Die Menschen sind weder gut noch böse. Allerdings werden sie durch unser heutiges wirtschaftliches System gezwungen, egoistischer zu sein, als sie es eigentlich wären, da sie doch schließlich vegetieren müssen. Verstehens mich?

KAROLINE Nein.

SCHÜRZINGER Sie werden mich schon gleich verstehen. Nehmen wir an, Sie lieben einen Mann. Und nehmen wir weiter an, dieser Mann wird nun arbeitslos. Dann läßt die Liebe nach, und zwar automatisch.

KAROLINE Also das glaub ich nicht!

SCHÜRZINGER Bestimmt!

KAROLINE Oh nein! Wenn es dem Manne schlecht geht,

dann hängt das wertvolle Weib nur noch intensiver an
ihm – – könnt ich mir schon vorstellen.
SCHÜRZINGER Ich nicht.   [5, 72]

Die Kleinen hängt man und die Großen läßt man laufen.
                                                           [5, 77]
PRÄPARATOR Sie wünschen?
ELISABETH Ich möchte hier jemand Zuständigen spre-
    chen.
PRÄPARATOR In was für einer Angelegenheit?
ELISABETH In einer dringenden Angelegenheit.
PRÄPARATOR Haben Sie einen angehörigen Toten bei uns?
ELISABETH Es dreht sich um keinen angehörigen Toten,
    es dreht sich um mich selbst persönlich.
PRÄPARATOR Wieso denn das hernach?
ELISABETH Sind der Herr hier eine zuständige Instanz?
PRÄPARATOR Ich bin der Präparator. Sie können sich mir
    ruhig anvertraun.
    Stille.
ELISABETH Man hat mich nämlich extra darauf aufmerk-
    sam gemacht, daß man hier seinen Körper verkaufen
    kann – – das heißt: wenn ich einmal gestorben sein
    werde, daß dann die Herren da drinnen mit meiner Lei-
    che im Dienste der Wissenschaft machen können, was
    die Herren nur wollen – – daß ich aber dabei das Ho-
    norar gleich ausbezahlt bekomme. Schon jetzt.
PRÄPARATOR Das ist mir neu.
ELISABETH Man hat mich aber extra darauf aufmerksam
    gemacht.
PRÄPARATOR Wer denn?
ELISABETH Eine Kollegin.

                                                           37

PRÄPARATOR Was sind Sie denn von Beruf?

ELISABETH Jetzt habe ich eigentlich nichts. Es soll ja noch
schlechter werden. Aber ich lasse den Kopf nicht hängen.
Stille.

PRÄPARATOR Seine eigene Leiche verkaufen – – auf was
die Leut noch alles kommen werden?   [6, 16 f.]

Die Angeklakten müssen halt auch ein Einsehen haben,
daß schließlich der Richter auch nur ein Mensch ist.

[6, 31]

ELISABETH Es müssen halt immer viele Unschuldige dran
glauben.

SCHUPO Das läßt sich nicht umgehen in einem geordne-
ten Staatswesen.

ELISABETH Das seh ich schon ein, daß es ungerecht zugehen muß, weil halt die Menschen keine Menschen
sind – aber es könnt doch auch ein bißchen weniger ungerecht zugehen.   [6, 47]

Also das Recht ist eine labile Geschichte!   [7, 225]

Sie leben nicht mehr, sie wissens nur noch nicht. Sie
liegen aufgebahrt in den Grand-Hotels und halten die
Pompesfunebres für Portiers, die Totengräber für Ober-
kellner und die Leichenfrau für die Masseuse. Sie wech-
seln jeden Tag die Wäsche, es bleibt aber immer ein Toten-
hemd, parfümieren sich, es riecht aber immer nach Blumen,
die auf einem Grab verwelken.   [8, 118]

SCHMINKE *überreicht ihm sein Manuskript.*

DER GENERALSEKRETÄR Was ist das?

SCHMINKE Eine Denkschrift.

DER GENERALSEKRETÄR Was soll ich damit?

SCHMINKE An die Adresse des Kongresses.

DER GENERALSEKRETÄR Motto?

SCHMINKE ›Mit Aufhebung der bürgerlichen Produktionsverhältnisse verschwindet auch die aus ihnen hervor-
gehende offizielle und nicht offizielle Prostitution.‹

DER GENERALSEKRETÄR Wer sagt das?

SCHMINKE Das wissen Sie.

Stille.

DER GENERALSEKRETÄR Ich weiß nichts. Lassen Sie die
bürgerlichen Produktionsverhältnisse in Ruhe, Sie Kom-
munist! Ja!

SCHMINKE Haben Sie den traurigen Mut zu leugnen, daß
die Prostitution ausschließlich ein Produkt wirtschaft-
licher Not ist?

DER GENERALSEKRETÄR Nicht ausschließlich!

SCHMINKE Zu neunundneunzig Prozent!

DER GENERALSEKRETÄR Zu achtundneunzig!

SCHMINKE Zu neunundneunzig!

DER GENERALSEKRETÄR Zu hundert! Wenn Sie nämlich
auch die seelische Not berücksichtigen wollen! Auch Kö-
niginnen leiden Not! Auch am Golfplatz wird gelitten!
Ja!

SCHMINKE Nur kein Pathos.

DER GENERALSEKRETÄR Es ist mir bekannt, daß gewisse
Elemente jede Regung seelischer Not als bürgerliches
Vorurteil verhöhnen. Ja! Also: ich bestätige hiermit den
Einlauf Ihrer sogenannten Denkschrift, die der Kongreß

zu den Akten legen wird, da die Prostitution bekanntlich unausrottbar, ja kaum bekämpfbar ist, weil das Prinzip der käuflichen Liebe zu tief in uns verankert ist, man
möchte fast sagen: die käufliche Liebe ist ein wesent-
licher Bestandteil des Menschlichen schlechthin. Ja!

SCHMINKE Sie verteidigen die Prostitution?

DER GENERALSEKRETÄR Sie zwingen mich dazu! Ja!

[1, 239 f.]

Die Zeit, in der ein Kopf keine Rolle spielte, diese Zeit
ist vorüber. Heut ist das Köpfchen wieder Trumpf und
die Todesurteile werden gefällt, um nicht vollstreckt zu
werden. Die »Hingerichteten« bevölkern die Börse und
geben dem Henker falsche Tips – [8, 145]

Im allgemeinen Staatengetriebe wird gar oft ein persön-
liches Schicksal zerrieben. [7, 85]

Wir leben in Zeitläuften, wo die Läufte wichtiger sind,
als die Menschen. [8, 150]

GAST Wo bleibt mein Bier?

LENI *bringt es ihm:* Ja.

GAST Ich zahl auch gleich – *Er trinkt das Bier auf einen
Zug.*

LENI Ein Menü, ein Bier, vier Brot – – zweizwanzig.

GAST Preiswert seid ihr ja grad nicht – *Er wirft das Geld
auf den Tisch.*

LENI Danke.

WIRT Habe die Ehre! Beehrens uns wieder!

GAST Werd mich hüten. *Ab nach links.*

WIRT *sieht ihm nach, melancholisch:* Traurige Leut gibts
auf der Welt – *Er wendet sich Leni zu, die wieder auf
der Leiter steht, und versucht, ihr nicht ganz unabsicht-
lich unter die Röcke zu schauen.* Leut, die gar nichts
mehr rührt. Radikal nichts – – es rührt sie nicht, ob
einer verurteilt wird oder freigesprochen, schuldig oder
unschuldig – sie denken nur an ihr Bier.
LENI Es denkt halt jeder an etwas anderes.
WIRT Stimmt.   [10, 38]

Um vom Volk geliebt zu werden, muss man mit dessen
Phantasie kalkulieren – –   [10, 83]

Sklaven gibt's nur in der Mehrzahl – stellt einer was an,
werden alle bestraft.   [10, 247]

Ach, Bruder! Weißt du von der reichen Sklaven Leid. Sie
liegen auf seidenen Kissen, aber ihr Herz liegt auf Stein.
                                                        [10, 257]

MÜLLER 80% der Frauen sind unterleibskrank. Und erst
die gewöhnlichen Mädel, so aus den ärmeren Schich-
ten – Sie verstehen mich, Baron?
ALLE *außer Ada, lachen brüllend.*
ADA Ist Syphilis eigentlich heilbar?
Stille.
KARL *grinst:* Na Prosit!
MAX Gesundheit!
MÜLLER Berufstätige Frauen unterhöhlen das bürgerliche
Familienleben.
EMANUEL Die Moral!

STRASSER Man handelt oft unüberlegt.

MÜLLER Ich leere mein Glas auf die gute alte Zeit! *Saufen.*

EMANUEL Nach Ladenschluß holte man sich einen netten, süßen Käfer – und diese Walzer aus Wien!

MÜLLER Der Kaiserstadt!

EMANUEL Für ein warmes Abendessen war alles zu haben! Hernach lüftete man das Barett: mein Liebchen, adieu! Allez! Marchez! Gallopez!

MÜLLER Und damals waren sie noch dankbar dafür, dankbar! Heute aber: nur nicht arbeiten, aber soziale Einrichtungen! Frech und faul! Lauter Gewerkschaftler! Ehrlichkeit und Pflichtgefühl haben unser Vaterland verlassen! Heute erholen sie sich! Skandal!

EMANUEL Jeder Prolet möchte sich schon erholen!

MÜLLER Müßiggang ist aller Laster Anfang! Ordnung fehlt! Und Zucht! Und der starke Mann! – Seinerzeit, da haben es auch die Weiber am tollsten getrieben! Aber ich gab kein Pardon! Ich nicht! Hoho, ich habe selbst drei dieser Furien niedergeschossen!

MAX Im Kriege?

MÜLLER Nach dem Kriege!

MAX Ich dachte, hier säße ein Pazifist.

EMANUEL Für den äußeren Feind!

MÜLLER *zu Max:* Sie kommen mir sonderbar vor, junger Mann!

STRASSER Zur Sache! Ich habe einen inneren Feind!

MÜLLER Legt an! Feuer!

STRASSER Rührt euch! Was soll ich tun?
Stille.

EMANUEL Wenn ich raten soll, so muß ich erzählen, wie

es bei uns Sitte war. Wir haben seinerzeit auf der Universität zwei Kommilitonen vor dem Alimentenzahlen gerettet. Den Grafen Hochschlegel und den Baron Krottenkopf, bleibt natürlich unter uns – Der Hochschlegel Franzi ist verwandt mit dem Kohlenmagnaten, und der Krottenkopf ist der bekannteste Rennstall, Sie spielen ja auch, kurzum: die hatten je eine Liaison mit Folgen, und da haben wir sie gerettet, indem wir klipp und klar behaupteten, wir hätten auch etwas mit den Mädels gehabt. Sie verstehen mich? Etwas stimmt ja immer. Das Leben ist zu eintönig, um nicht zu sagen: langweilig –

MAX *unterbricht ihn:* Sie, das ist Meineid!

KARL Quatsch!

EMANUEL Ach, es kam ja gar nicht vor Gericht! Wir haben sie schon derart eingeschüchtert. Der einen haben wir mit der Kontrolle gedroht!

MÜLLER Da hat sie aber zum Rückzug geblasen! Fluchtartig, was?

EMANUEL Na! Davor haben diese kleinen Mäuschen nämlich Höllenangst. – Später hörte ich, daß die andere ihr Kind umgebracht hätte –

ADA *unterbricht ihn:* Nur nicht unappetitlich werden.

EMANUEL Du hast eine rege Phantasie.

MÜLLER Man könnte doch ruhig einige Millionen Menschen vernichten! Wir haben ja Übervölkerung, nicht?

KARL Wo man hintritt, schnauft ein Mensch.   [1, 170f.]

Als die Herrschenden erkannt hatten, daß es sich maskiert mit dem Idealismus eines gewissen Gekreuzigten bedeutend belustigender morden und plündern ließ – seit also dieser Gekreuzigte u. a. gepredigt hatte, daß auch das Weib eine dem Manne ebenbürtige Seele habe, seit dieser Zeit ist jenes »Diskretion Ehrensache!« ein Sinnspruch im Wappen der Prostitution.

Wer wagt es also, die heute Herrschenden anzuklagen, daß sie nicht nur die Arbeit, sondern auch das Verhältnis zwischen Mann und Weib der bemäntelnden Lügen und des erhebenden Selbstbetruges entblößen, indem sie schlicht die Frage stellen: »Na, was kostet schon die Liebe?« Kann man ihnen einen Vorwurf machen, weil sie dies im Bewußtsein ihrer wirtschaftlichen Macht der billigeren Buchführung wegen tun? Nein, das kann man nicht. Sie sind nämlich überaus ehrlich. [12, 237 f.]

Wie schön war doch die patriarchalische Zeit! Wie ungefährdet konnte Großmama ihre Mägde kränken, quälen und davonjagen, wie war es doch selbstverständlich, daß Großpapa seine Lehrlinge um den Lohn prellte und durch Prügel zu fleißigen Charakteren erzog. Noch lebten Treu und Glauben zwischen Maas und Memel, und Großpapa war ein freisinniger Mensch. Großzügig gab er seinen Angestellten Arbeit, von morgens vier bis Mitternacht. Kein Wunder, daß das Vaterland immer mächtiger wurde! Und erst als sich der weitblickende Großpapa auf maschinellen Betrieb umstellte, da erst ging es empor zu höchsten Zielen, denn er ließ ja die Maschinen nur durch Kinder bedienen, die waren nämlich billiger als ihre Väter, maßen das Volk gesund und ungebrochen war. Also kam es nicht darauf an, daß mannigfache Kinder an der Schwindsucht krepierten, kein Nationalvermögen wächst ohne Opfersinn! Und während Bismarck, der eiserne Kanzler, erbittert das Gesetz zum Schutze der Kinderarbeit bekämpfte, wuchs Großpapas einfache Werkstatt zur Fabrik. Schlot stand an Schlot, als ihn der Schlag traf. Er hatte sich überarbeitet. Künstler, Gelehrte, Richter und hohe Beamte, ja sogar ein Leutnant a. D. gaben ihm das letzte Geleite. Trotzdem blieb aber Großmama immer die bescheidene tiefreligiöse Frau.   [11, 126 f.]

Erst sieben Wochen nach dem 20. Mai wurde das Wahlmysterium zu Mittelsöchering enträtselt. Dort wurden 68 Stimmzettel abgegeben, davon 67 für die Bayerische Volkspartei und einer für die Kommunisten. Natürlich wurde unter Leitung des Pfarrers nach dem roten Hund geforscht. Aber wie gesagt erst nach sieben Wochen kam man durch Zufall dahinter, daß die kommunistische Stimme nicht vom Anderlbauern stammt (der im Weltkrieg verschüttet worden war und seither nichts von all dem wissen wollte) und der als vermeintlicher Roter schon des öfteren gefotzt worden war, sondern von der achtzigjährigen Schwester des Pfarrers, die bei der Wahl ihre Brille daheim vergessen hat und also das Kreuz statt bei der sieben bei der fünf gemacht hat. – – Die Wahrheit hat selten Pointen.   [11, 140]

Der Spießer ist bekanntlich ein hypochondrischer Egoist, und so trachtet er danach, sich überall feige anzupassen und jede neue Formulierung der Idee zu verfälschen, indem er sie sich aneignet.

Wenn ich mich nicht irre, hat es sich allmählich herumgesprochen, daß wir ausgerechnet zwischen zwei Zeitaltern leben. Auch der alte Typ des Spießers ist es nicht mehr wert, lächerlich gemacht zu werden; wer ihn heute noch verhöhnt, ist bestenfalls ein Spießer der Zukunft. Ich sage »Zukunft«, denn der neue Typ des Spießers ist erst im Werden, er hat sich noch nicht herauskristallisiert.

[12, 129]

Wie alle ihresgleichen haßte sie nicht die uniformierten und zivilen Verbrecher, die sie durch Krieg, Inflation, Deflation und Stabilisierung begaunert hatten, sondern ausschließlich das Proletariat, weil sie ahnte, ohne sich darüber klar werden zu wollen, daß dieser Klasse die Zukunft gehört. Sie wurde neidisch, leugnete es aber ab. Sie fühlte sich zutiefst gekränkt und in ihren heiligsten Gefühlen verletzt, wenn sie sah, daß sich ein Arbeiter ein Glas Bier leisten konnte. Sie wurde schon rabiat, wenn sie nur einen demokratischen Leitartikel las. Es war kaum mit ihr auszuhalten am 1. Mai.

[12, 139]

In der Zeitung stand unter der Überschrift »Nun erst recht!«, daß ein Deutscher, der sagt, er sei stolz, daß er ein Deutscher sei, denn wenn er nicht stolz wäre, würde er ja trotzdem auch nur ein Deutscher sein, also sei er natürlich stolz, daß er ein Deutscher wäre – »ein solcher Deutscher«, stand in der Zeitung, »ist kein Deutscher, sondern ein Asphaltdeutscher.«

[12, 156]

Ohne Fremdenverkehr dürfte bayerische Eigenstaatlichkeit beim Teufel sein!

[12, 159]

Bekanntlich ist die Zugspitze Deutschlands höchster Berg, aber ein Drittel der Zugspitze gehört halt leider zu Österreich. Also bauten die Österreicher vor einigen Jahren eine Schwebebahn auf die Zugspitze, obwohl dies die Bayern schon seit zwanzig Jahren tun wollten. Natürlich ärgerte das die Bayern sehr, und infolgedessen brachten sie es endlich fertig, eine zweite Zugspitzbahn zu bauen, und zwar eine rein bayerische, keine luftige Schwebebahn, sondern eine solide Zahnradbahn. Beide Zugspitzbahnen sind unstreitbar grandiose Spitzenleistungen moderner Bergbahnbautechnik, und es sind dabei bis Mitte September 1929 schon rund vier Dutzend Arbeiter tödlich verunglückt. Jedoch bis zur Inbetriebnahme der bayerischen Zugspitzbahn werden natürlich leider noch zahlreiche Arbeiter daran glauben müssen, versicherte die Betriebsleitung.

[12, 161]

Mittenwald ist deutsch-österreichische Grenzstation mit Paß- und Zollkontrolle.

Das war die erste Grenze, die Kobler in seinem Leben überschritt, und dieser Grenzübertritt mit seinen behördlichen Zeremonien berührte ihn seltsam feierlich. Mit fast scheuer Bewunderung betrachtete er die Gendarmen, die sich auf dem Bahnsteig langweilten.

Bereits vor Mittenwald hielt er seinen Paß erwartungsvoll in der Hand, und nun lag auch sein Koffer weitaufgerissen auf der Bank. »Bitte nicht schießen, denn ich bin brav«, sollte das heißen.

Er zuckte direkt zusammen, als der österreichische Finanzer im Wagen erschien. »Hat wer was zu verzollen?« rief der Finanzer ahnungslos. »Hier«, rief der Kobler und wies auf seinen braven Koffer. Aber der Finanzer sah gar nicht hin. »Hat wer was zu verzollen?!« brüllte er ent-

setzt und raste überstürzt aus dem Waggon, denn er hatte
Angst, daß ausnahmsweise jemand wirklich was zu verzollen hätte, dann hätte er ausnahmsweise wirklich was
zu tun gehabt. [12, 162 f.]

Keiner der Reisenden durfte den Schnellzug verlassen,
denn hier gings viel strenger zu als zwischen Bayern und
Österreich in Mittenwald. Und dies nicht nur deshalb,
weil die Italiener zur romanischen Rasse gehören, sondern
weil sie obendrein noch den Mussolini haben, der in per-
manenter Wut ist, daß es bloß vierzig Millionen Italiener
gibt. [12, 168]

HUDETZ *wendet sich plötzlich an Pokorny, leise:* Sag
mal, wie ist es denn eigentlich drüben?
POKORNY Bei uns? Friedlich, sehr friedlich! Weißt, wie
in einem stillen, ländlichen Wirtshaus, wenns anfängt
zu dämmern – draußen liegt Schnee und du hörst nur
die Uhr – ewig, ewig – liest deine Zeitung und trinkst
dein Bier und mußt nie zahlen –
HUDETZ *lächelt:* Wirklich?
POKORNY Wir spielen oft auch Tarock und ein jeder ge-
winnt – oder verliert, je nachdem, was einer lieber tut.
Man ist direkt froh, daß man nimmer lebt. [10, 75]

Auch unser berühmter Wiener schwarzer Kaffee wächst
bei den Schwarzen. Hätten wir keine Kolonialprodukte,
lieber Herr, könnten wir ja unsere primitivsten Bedürf-
nisse nicht befriedigen. Und glaubens mir, wenn man die
armen Neger nicht so schamlos ausbeuten tät, wär das
der Fall, denn dann wären ja alle Kolonialprodukte un-

erschwinglich teuer, weil dann halt die Plantagenbesitzer auch gleich das Tausendfache verdienen wollten – glaubens mir, mein sehr Verehrter, wir Weißen sind die größten Bestien! [12, 198]

»Zu guter Letzt ist halt diese ganze Prostitution etwas sehr trauriges, aber man kann sie halt nicht abschaffen«, lächelte er wehmütig.

»Das ist auch meine Meinung«, pflichtete ihm Kobler bei. »Ich kenn einen Prokuristen, dem sein höchsts Ideal ist, mit der Frau, die er liebt, obszöne Bilder zu betrachten. Aber seine eigene Frau wehrt sich dagegen und behauptet, daß sie durch solche Photographien direkt lebensüberdrüssig werden tät. Also was bleibt jetzt dem Prokuristen übrig? Der Strich. Und wo eine Nachfrage ist, da ist halt auch ein Angebot da. Das sind halt so Urtriebe!«

»Was gibts doch für Viecher auf der Welt!« dachte Schmitz und wurde wieder philosophisch. »Ich betracht auch die Prostitution von einem höhern Standpunkt aus«, erklärte er. »Ich hab mir jetzt grad überlegt, daß wir Menschen, seitdem wir da sind, eigentlich nur drei Triebe, nämlich Inzest, Kannibalismus und Mordgier unterdrückt haben, und nicht einmal diese drei haben wir total unterdrückt, wie das uns in letzter Zeit wieder mal der Weltkrieg bewiesen hat. Das sind Probleme, lieber Herr! Sehen Sie sich zum Beispiel mich an! Ich hab in meiner Jugend mit dem kommunistischen Manifest sympathisiert. Man muß durch Marx unbedingt hindurchgegangen sein. Marx behauptet zum Beispiel, daß mit der Aufhebung der bürgerlichen Produktionsverhältnisse auch die Prostitution verschwindet. Das glaub ich nicht. Ich glaub, daß

man da nur reformieren kann. Und das gehört sich auch
so.«   [12, 200 f.]

»Wenn ich jetzt an Polen denk, speziell an den polnischen
Korridor«, meinte Kobler düster, »so kann ich halt kein
Friedensgefühl aufbringen, da streikt das Herz, obwohl
ich mit dem Verstand absolut nichts gegen Paneuropa
hätt (...).«   [12, 224]

Seit es Götter und Mensch – kurz: Herrscher und Beherrschte gibt, seit der Zeit gilt der Satz: »Im Anfang war
die Prostitution!«   [12, 237]

Auch debattierte er gern mit der Großmama und kannte
keine Grenzen. So erzählte er ihr, daß seinerzeit jener Höh-
lenmensch, der den ersten Ochsen an die Höhlenwand
gezeichnet hätte, von allen anderen Höhlenmenschen als
geheimnisvoller Zauberer angebetet worden sei, und so
müßte auch heute noch jeder Künstler angebetet werden
(er war nämlich ein talentierter Pianist) – und dann stritt
er sich mit der Großmama, ob die Fünfpfennigmarke Schil-
ler oder Goethe heiße (er sammelte ja auch Briefmarken) –,
worauf die Großmama meistens erwiderte, auf alle Fälle
sei die Vierzigpfennigmarke jener große Philosoph, der
die Vernunft schlecht kritisiert hätte, und die Fünfzigpfen-
nigmarke sei ein Genie, das die Menschheit erhabenen
Zielen zuführen wollte, und sie könnte es sich schon gar
nicht vorstellen, wie so etwas angefangen werden müßte,
worauf er meinte, aller Anfang sei halt schwer, und er
fügte noch hinzu, daß die Dreißigpfennigmarke das Zeit-
alter des Individualbewußtseins eingeführt hätte. Dann

schwieg die Großmama und dachte, der rechthaberische Mensch sollte doch lieber einen schönen alten Walzer spielen. [12, 271]

Wie gering ist doch der Prozentsatz der Lehramtskandidaten, die wirklich Lehrer werden können! Danke Gott, daß du zum Lehrkörper eines Städtischen Gymnasiums gehörst und daß du also ohne wirtschaftliche Sorgen alt und blöd werden darfst! Du kannst doch auch hundert Jahre alt werden, vielleicht wirst du sogar mal der älteste Einwohner des Vaterlandes! Dann kommst du an deinem Geburtstag in die Illustrierte und darunter wird stehen: »Er ist noch bei regem Geiste.« Und das alles mit Pension! Bedenk und versündig dich nicht! [13, 11]

Was schreibt denn da der N?
»Alle Neger sind hinterlistig, feig und faul.«
– Zu dumm! Also das streich ich durch!
Und ich will schon mit roter Tinte an den Rand schreiben: »Sinnlose Verallgemeinerung!« – da stocke ich. Aufgepaßt, habe ich denn diesen Satz über die Neger in letzter Zeit nicht schon mal gehört? Wo denn nur? Richtig: er tönte aus dem Lautsprecher im Restaurant und verdarb mir fast den Appetit.
Ich lasse den Satz also stehen, denn was einer im Radio redet, darf kein Lehrer im Schulheft streichen.
Und während ich weiterlese, höre ich immer das Radio: es lispelt, es heult, es bellt, es girrt, es droht – und die Zeitungen drucken es nach und die Kindlein, sie schreiben es ab. [13, 13 f.]

Seit es eine menschliche Gesellschaft gibt, kann sie aus Selbsterhaltungsgründen auf das Verbrechen nicht verzichten. Aber die Verbrechen wurden verschwiegen, vertuscht, man hat sich ihrer geschämt. Heute ist man stolz auf sie.   [13, 24]

In der Wochenschau seh ich die reichen Plebejer. Sie enthüllen ihre eigenen Denkmäler, machen die ersten Spatenstiche und nehmen die Paraden ihrer Leibgarden ab. Dann folgt ein Mäuslein, das die größten Katzen besiegt, und dann eine spannende Kriminalgeschichte, in der viel geschossen wird, damit das gute Prinzip triumphieren möge.   [13, 25]

Das Unglück der heutigen Jugend ist, daß sie keine korrekte Pubertät mehr hat – erotisch, politisch, moralisch etcetera, alles wurde vermanscht, verpantscht, alles in einen Topf!   [13, 29]

»Kennen Sie einen Staat, in dem nicht die Reichen regieren? ›Reichsein‹ ist doch nicht nur identisch mit ›Geldhaben‹ – und wenn es keine Sägewerksaktionäre mehr geben wird, dann werden eben andere Reiche regieren, man braucht keine Aktien, um reich zu sein. Es wird immer Werte geben, von denen einige Leute mehr haben werden als alle übrigen zusammen. Mehr Sterne am Kragen, mehr Streifen am Ärmel, mehr Orden auf der Brust, sichtbar oder unsichtbar, denn arm und reich wird es immer geben, genau wie dumm und gescheit. Und der Kirche, Herr Lehrer, ist leider nicht die Macht gegeben, zu bestimmen, wie ein Staat regiert werden soll. Es ist aber ihre Pflicht, immer auf seiten des Staates zu stehen, der leider immer nur von den Reichen regiert werden wird.«

»Ihre Pflicht?«

»Da der Mensch von Natur aus ein geselliges Wesen ist, ist er auf eine Verbindung in Familie, Gemeinde und Staat angewiesen. Der Staat ist eine rein menschliche Einrichtung, die nur den einen Zweck haben soll, die irdische Glückseligkeit nach Möglichkeit herzustellen. Er ist naturnotwendig, also gottgewollt; der Gehorsam ihm gegenüber Gewissenspflicht.«   [13, 49]

Die Reichen werden immer siegen, weil sie die Brutaleren, Niederträchtigeren, Gewissenloseren sind. Es steht doch schon in der Schrift, daß eher ein Kamel durch das Nadelöhr geht, denn daß ein Reicher in den Himmel kommt.   [13, 51]

Vernachlässigt und elegant, waren sie geil auf Katastrophen, von denen sie kein Kind bekommen konnten. Sie lagen mit dem Unglück anderer Leute im Bett und befriedigten sich mit einem künstlichen Mitleid.   [13, 87]

Man feierte den Geburtstag des Oberplebejers.

Die Stadt hing voller Fahnen und Transparente.

Durch die Straßen marschierten die Mädchen, die den verschollenen Flieger suchen, die Jungen, die alle Neger sterben lassen, und die Eltern, die die Lügen glauben, die auf den Transparenten stehen. Und die sie nicht glauben, marschieren ebenfalls mit. Divisionen der Charakterlosen unter dem Kommando von Idioten. Im gleichen Schritt und Tritt.

Sie singen von einem Vögelchen, das auf einem Helden-grabe zwitschert, von einem Soldaten, der im Gas erstickt, von den schwarzbraunen Mädchen, die den zu Hause ge-bliebenen Dreck fressen, und von einem Feinde, den es eigentlich gar nicht gibt.

So preisen die Schwachsinnigen und Lügner den Tag, an dem der Oberplebejer geboren ward.

Und wie ich so denke, konstatierte ich mit einer ge-wissen Befriedigung, daß auch aus meinem Fenster ein Fähnchen flattert.

Ich hab es bereits gestern abend hinausgehängt.

Wer mit Verbrechern und Narren zu tun hat, muß ver-brecherisch und närrisch handeln, sonst hört er auf. Mit Haut und Haar.

Er muß sein Heim beflaggen, auch wenn er kein Heim mehr hat.

Wenn kein Charakter mehr geduldet wird, sondern nur der Gehorsam, geht die Wahrheit, und die Lüge kommt. Die Lüge, die Mutter aller Sünden.

Fahnen heraus!

Lieber Brot, als tot! – [13, 112 f.]

GAST *betrachtet Susanne:* Sind Sie eine Prinzessin?

SUSANNE Ich?

GAST In solch Emigrantenlokalen, hör ich, ist ein jeder ein Aristokrat. Der Chef ein Herzog, der Pianist ein Baron und die Kellnerin zumindest eine Hoheit – *Er grinst.*

CHERUBIN *erscheint, doch Susanne und der Gast bemer-ken ihn nicht; er ist ein dicklicher, jüngerer Herr und hat ein rosiges Antlitz voll verschwommener Brutali-tät; er lauscht.*

SUSANNE *lächelt:* Ich bin keine Prinzessin.

GAST Was denn sonst?

SUSANNE Nichts.

Stille.

GAST Traurig, traurig. Also, vielleicht komm ich nach Mitternacht. Wiedersehen, schönes Nichts! *Ab.*

SUSANNE Wiedersehen, der Herr, Wiedersehen!

CHERUBIN *tritt vor:* Susanne.

SUSANNE *schreckt etwas zusammen:* Herr Chef?

CHERUBIN Wie oft habe ich es dir schon eingeschärft, wenn dich einer für eine Prinzessin hält, dann mach ihm die Freud und sag ruhig ja, oder lächle zumindest zweideutig, es ist doch nicht der Sinn des Lebens, braven Leuten die Illusionen zu rauben und uns das Geschäft zu verpatzen – *Er lächelt.* [8, 151 f.]

Mein Vater ist von Beruf Kellner, ein Trinkgeldkuli. Er behauptet, daß er durch den Weltkrieg sozial gesunken wär, weil er vor 1914 nur in lauter vornehmen Etablissements arbeitete, während er jetzt draußen in der Vorstadt in einem sehr mittelmäßigen Betrieb steckt. Er hinkt nämlich etwas seit seiner Gefangenschaft, und ein hinkender Kellner, das kann halt in einem Luxuslokal nicht sein.

Aber trotz seiner Privattragödie hat er kein Recht, auf den Krieg zu schimpfen, denn Krieg ist ein Naturgesetz.

[14, 18]

Die Generation unserer Väter hat blöden Idealen von Völkerrecht und ewigem Frieden nachgegangen und hat es nicht begriffen, daß sogar in der niederen Tierwelt einer den anderen frißt. Es gibt kein Recht ohne Gewalt. Man soll nicht denken, sondern handeln!

Der Krieg ist der Vater aller Dinge. [14, 19]

Es gibt keine Gerechtigkeit, das hab ich jetzt schon heraus.

Daran können auch unsere Führer nichts ändern, selbst wenn sie auf außenpolitischem Gebiet noch so genial operieren. Der Mensch ist eben nur ein Tier und auch die Führer sind nur Tiere, wenn auch mit Spezialbegabungen.

[14, 82]

Wer arm ist, darf sich was vorlügen – das ist sein Recht.

Vielleicht sein einziges Recht. [14, 84]

Wer aus der Kirche ausgetreten ist, kämpft für die Befreiung der Menschheit. [II, 48]

Die ganze Stadt war ein Bierkeller, es gründete sich ein Verein gegen das schlechte Einschenken, der stellte den Ministerpräsidenten, und man vergaß das Vaterland, es hieß statt Bayern und Pfalz, Hopfen und Malz, Gott erhalt's! [I, 24]

Aber der Krieg dauerte immer länger, es kam das erste Weihnachten im Feld. Die Presse schrieb begeistert über das deutsche Christkind, das französische Christkind, es gab auch unzählige Marien, auch ein schaumburg-lippisches Christkind. Zu dieser Zeit saß ein einsamer einfacher Mensch in der Schweiz und schrieb Aufsätze über Aufsätze, der einzige, der den Kopf nicht hängen ließ. Lenin. Verlacht und verspottet. Es wußte niemand in Deutschland, außer Berufspolitikern etwas von der Existenz dieses Fanatikers. Die Sachlichen zogen frisch fröhlich in das Stahlbad, der Fanatiker verfolgte diesen realpolitischen Wahnsinn mit scharfem Auge, bereit, mit allen Mitteln zuzuschlagen, wie immer auch. Am Anfang war die Tat, sagt Goethe und schrieb den Faust. Am Anfang war das Wort, sagt Wilhelm der Zweite und führte uns herrlichen Zeiten entgegen, am Anfang war, das kümmert mich nicht, sagt Lenin. Jetzt kommt die Tat oder das Wort. Ich bin, sagt Lenin. Ich lebe.   [I, 29 f.]

Man streitet sich darüber, ob der Mensch ein Produkt seiner Umgebung ist, ob die Menschen materialistisch bedingt oder idealistisch bedingt sind. Die Wahrheit werden wohl meist die Unzufriedenen ertragen und suchen, die Zufriedenen nicht. Die sich in ihrer Zufriedenheit bedroht fühlenden, die unsicher gewordenen, werden eher dazu neigen, phantastische Theorien aufzustellen. So werden sie behaupten, sie hätten einen Odem Gottes in sich, usw. So behauptete Ferdinand Qu., daß es einen göttlichen Odem gibt, während Karl Qu. dies leugnete. Er las Nietzsche. – Tatsache bleibt, daß Ferdinand Qu. ein Gemüsegeschäft hatte.   [I, 81]

Ich finde nur, daß man sich als überlegener Mensch keiner Partei anschließen soll. Man muß auf einer höheren Zinne stehen.   [II, 105]

Über Männer und Frauen

So ein Weib ist ein Auto, bei dem nichts richtig funktioniert – – immer gehört es repariert. Das Benzin ist das Blut und der Magnet das Herz – – und wenn der Funke zu schwach ist, entsteht eine Fehlzündung – – und wenn zuviel Öl drin ist, dann raucht er und stinkt er – –

[5, 132]

Überhaupt sind alle Weiber minderwertige Subjekte – – Anwesende natürlich ausgenommen.   [5, 104]

Es war einmal ein Fräulein, das fiel bei den besseren Herren nirgends besonders auf, denn es verdiente monatlich nur hundertzehn Mark und hatte nur eine Durchschnittsfigur und ein Durchschnittsgesicht, nicht unangenehm, aber auch nicht hübsch, nur nett. Sie arbeitete im Kontor einer Kraftwagenvermietung, doch konnte sie sich höchstens ein Fahrrad auf Abzahlung leisten. Hingegen durfte sie ab und zu auf einem Motorrad hinten mitfahren, aber dafür erwartete man auch meistens was von ihr. Sie war auch trotz allem sehr gutmütig und verschloß sich den Herren nicht. Sie ließ aber immer nur einen drüber, das hatte ihr das Leben bereits beigebracht. Oft liebte sie zwar gerade diesen einen nicht, aber es ruhte sie aus, wenn sie neben einem Herrn sitzen konnte, im Schellingsalon oder anderswo. Sie wollte sich nicht sehnen, und wenn sie dies trotzdem tat, wurde ihr alles fad. Sie sprach sehr selten, sie hörte immer nur zu, was die Herren untereinander sprachen. Dann machte sie sich heimlich lustig, denn die

Herren hatten ja auch nichts zu sagen. Mit ihr sprachen die Herren nur wenig, meistens nur dann, wenn sie gerade mal mußten. Oft wurde sie dann in den Anfangssätzen boshaft und tückisch, aber bald ließ sie sich wieder gehen. Es war ihr fast alles in ihrem Leben einerlei, denn das mußte es ja sein, sonst hätte sies nicht ausgehalten. Nur wenn sie unpäßlich war, dachte sie intensiver an sich.

[12, 153]

Siehst du: Mann soll der Mann sein und die Frau überhört ihr eigenes Lachen. [1, 20]

Ich schätze naive Frauen. Nur zu rasch übersättigen einen die Raffinierten. [1, 51]

In der Heimat. Weiber stehen Schlange vor einem leeren Lebensmittelgeschäft.

ERSTE Kein Brot, kein Salz, kein Fett – – ist das der Friede?

ZWEITE Beruhigen Sie sich, Frau Hausmeister! Die Hauptsach ist, daß die Männer wieder da sind aus den Hekatomben der Front.

ERSTE Also meinem Herrn Gemahl hätt ich ruhig ein bisserl Trommelfeuer vergönnt, aber der hat Plattfüß und ist während der ganzen großen Zeit hinterm Ofen gehockt und wenn ich nur aufmuck, dann haut er mir eine hin – – ob Krieg, ob Frieden: das ist mir wurscht!

DRITTE Versündigen Sie sich nicht! Mein armer Joseph hockt in Sibirien und wer weiß, wann der wiederkommt. Sie werdens erst fühlen, wie Ihnen die Prügel abgehen werden, wenn Sie keinen Prügler mehr haben werden.

ERSTE Ich pfeif auf die Herren der Schöpfung! [9, 17]

Das Weib haßt den Mann, auch in der Tierwelt gibt es
dafür Beispiele.   [2, 27]

MARIANNE *zu Alfred:* Ich wollte mal rhythmische Gym-
  nastik studieren, und dann hab ich von einem eigenen
  Institut geträumt, aber meine Verwandtschaft hat kei-
  nenSinn für so was. Papa sagt immer, die finanzielle Un-
  abhängigkeit der Frau vom Mann ist der letzte Schritt
  zum Bolschewismus.
ALFRED Ich bin kein Politiker, aber glauben Sie mir: auch
  die finanzielle Abhängigkeit des Mannes von der Frau
  führt zu nichts Gutem. Das sind halt so Naturgesetze.
                                                      [4, 123]

Ein jeder Krüppel findet ein Weib und sogar die Geschlechts-
kranken auch! Und die Weiber sehen sich in den entschei-
denden Punkten alle ähnlich (...)! Die Weiber haben keine Seele, das ist nur äußerliches Fleisch!   [4, 142]

Eine Frau, die wo etwas erreichen will, muß einen einfluß-
reichen Mann immer bei seinem Gefühlsleben packen.
                                                      [5, 33]

Weiber gibts wie Mist!   [5, 84]

Frauen sind Formen. Sie regen uns an.   [2, 39]

Ein Mädchen ohne Popo ist kein Mädchen.   [5, 88]

Den wahren Frieden gibt uns nur eine Frau, denn das
Weib repräsentiert die Natur.   [7, 28]

Shakespeare! An den habe ich grauenvolle Erinnerungen. Der Macbeth-Film – – brrr! Das einzig filmisch hübsche war der wandernde Wald – – aber wer geht schon in einen Film, um einen Wald wandern zu sehen! Unser Publikum besteht aus sechzig Perzent Weibern und vierzig Perzent Männern, und von diesen vierzig Perzent gehen neunzig Perzent in jenen Film, der ihnen von ihrer jeweiligen weiblichen Begleitung vorgeschlagen wird – – ergo haben wir mit einem Publikum von über fünfundneunzig Perzent Weibern zu rechnen, und die wollen etwas ganz anderes wandern sehen, als ein paar Tannenbäum!

[7, 218]

Radfahrende Mädchen erinnern von hinten an schwimmende Enten. [5, 112]

ERNST *lauscht:* Wer spielt denn da?

EMIL Das ist der Student vom zweiten Stock rechts, der spielt im dritten Stock links bei der Gattin des Ingenieurs ...

ERNST Tango.

EMIL Der Ingenieur ist nämlich verreist und so betrügt sie ihn halt. Übrigens ein hochanständiger Mensch, dieser Ingenieur.

ERNST Trotzdem wird er betrogen. Man darf eben als Gatte nicht allzu fair sein.

EMIL Stimmt. [7, 29]

HEBAMME Grüß Sie Gott, Frau Figaro! Schnell eine kleine Ondulation, muß gleich wieder weiter – *Sie setzt sich.* Wie gehts Geschäft?

SUSANNE *bedient sie:* Danke, man lebt.

HEBAMME Ich kann mich kaum mehr retten vor lauter Arbeit. Fünf Geburten in einer Woch. Davon gleich zweimal Zwillinge. Das hielt der stärkste Mann nicht aus! Wenn das so weitergeht, wird unser braves Großhadersdorf bald eine Weltstadt und meine armen Locken sind schon ganz deformiert vor lauter Storch! Eine Invasion! Grad komm ich von der Frau Hauptlehrer. Der hat er ein Töchterchen gebracht – klein wenig zu früh, aber die Frau Hauptlehrer wird trotzdem ihre Freud mit dem Kind haben, es ist gut bestrahlt, Steinbock und Merkur.

SUSANNE Kennen Sie sich aus am Himmel?

HEBAMME Ich kenn mich überall aus.

SUSANNE Was ist denn Mai?

HEBAMME Den Mai regiert die Venus im Zeichen des Stieres. Wer soll denn das sein?

SUSANNE Ich.

HEBAMME So? Und der Herr Gemahl?

SUSANNE Das weiß man nicht. Er ist ein Findelkind.

HEBAMME Ach! Na, na. Bei den Herren der Schöpfung spielen die Sterne überhaupt keine solche Rolle, Mannsbilder verändern sich leicht und trotzdem bleibens immer Gauner, manchmal möcht man schon meinen, ein Mannsbild hätt überhaupt keinen Stern. Wie lange sinds denn bereits verheiratet, junge Frau?

SUSANNE Sieben Jahre.

HEBAMME Schon? Sieht man Ihnen aber nicht an.

SUSANNE Ich hab mit achtzehn geheiratet.

HEBAMME Gebens nur acht, die Zahl Sieben ist eine verflixte Zahl! In jeder Ehe gibts nämlich alle sieben Jahre einen Klaps, das ist eine so verflixte metaphysische Regel. Warum habt ihr eigentlich keine Kinder? Das erste Haus in seiner Branche, ihr könnt euch doch wirklich welche leisten!

SUSANNE Ich möcht auch, aber mein Mann ist schuld. *Stille.*

HEBAMME Ihr lebt doch wie Mann und Weib?

SUSANNE Selten. Was habe ich ihm schon zugeredet, daß ich ohne Kind verkomm. Aber er geht auf mich nicht ein. Radikal nicht.

HEBAMME Dem Manne kann geholfen werden. Glaubens mir, ich hab solche Fälle schon massenweis miterlebt! Hörens her, junge Frau. Sie treten jetzt einfach vor den Herrn Gemahl hin und beschwindeln ihn kategorisch, daß seine Befürchtungen eben Früchte getragen hätten. Was will er darauf erwidern? Nichts!

SUSANNE Da kennen Sie ihn schlecht.

HEBAMME Was kann er dagegen tun? Höhere Gewalt! Er wird sich von der lieben Natur überlistet fühlen und wird nichts mehr befürchten, wenns eh keinen Sinn mehr hat. Diese Lösung des Problems, nämlich die Vorwegnahme der Folgen, das ist das Ei des Kolumbus! *Sie erhebt sich, denn sie wurde nun fertig onduliert.* Was bin ich Ihnen schuldig, junge Frau?

SUSANNE Ich wär Ihnen ewig dankbar. Achtzig, bitte!

HEBAMME *zahlt:* Im September sehen wir uns wieder. Mars und die Waage, ich gratuliere! Lebens wohl, Frau Figaro!
Ab.

SUSANNE Auf Wiedersehen, Madame! [8, 126ff]

Eine Frau ohne Kind hat doch gar keinen Sinn!   [8, 148]

Wir Männer fallen im Feld und die Weiber fallen zu Haus.
Wir Männer kommen unter die Erde, die Weiber stehen
wieder auf und ziehen sich um.   [14, 55]

Jaja, die Herren Weiber, sie bringen dich auf die Welt, und
auch wieder um.   [10, 18]

Intelligente Frauen, Majestät, sind ja meistens nicht gerade schön – –   [10, 91]

Bei den Türken hat die Frau keine Seele. Bei uns ja – –
aber sie wird trotzdem nicht für voll genommen und wird
gar meistens behandelt, als wär sie ein liebes Stück Tier
ohne jede Seele. Bei den Türken sitzt die Frau im Harem,
bei uns im bestem Fall in der Küche – –   [10, 140]

Der Neuhuber war ein Familienvater, ein tüchtiger Ver-
käufer, aber leider in sexueller Hinsicht ziemlich hemmungslos. Auch konnte er sich in dieser Beziehung nicht
beherrschen und hatte eine Schwäche für jede Prostitu-
ierte. »Ich lieb halt diese Atmosphär«, pflegte er sich zu
entschuldigen.
    So kam es, daß er fast in jeder Stadt mit einer Prosti-
tuierten verschwand, hernach aber sich damisch ärgerte,
wieviel Geld daß er wieder ausgegeben hat, sich irgendwo hinsetzte, an seine Frau eine liebe Karte schrieb und
die Kinder grüßen ließ und sich besoff.   [11, 170]

Denn die Frau hat nur einen Beruf: das ist der Mann.

[10, 141]

Er wollte nichts anderes als das Bett und ertappte sich oft dabei, wie er es gerade bedauert, daß Frauen auch Menschen sind und sogar sogenannte Seelen haben –, trotzdem, konnte er das Bett nur durch seinen Geist erreichen, entweder unmittelbar oder indem er den Geist zuerst in Geld umgesetzt hatte, denn er hatte eben kein Sex-appeal. Mit andern Worten: er gelangte ins Bett nur durch seinen Geist, und sowas ist natürlich direkt tragisch.   [12, 208 f.]

»(...) So, aber jetzt reden wir von was Interessanterem!« – und er teilte Schmitz mit, daß er die soeben verflossene Nacht mit Rigmor verbracht hätte. »Sie können mir unberufen gratulieren!« sagte er und sah recht boshaft aus. »Ich hab halt die richtige Taktik gehabt, und sie ist sehr temperamentvoll!«

»Also das hab ich bis zu mir herübergehört«, winkte Schmitz ab. »Aber über mir waren welche, die waren anscheinend noch temperamentvoller, weil mir der ganze Mörtel vom Plafond ins Gsicht gfallen ist. Der Dolmetscher sagt mir grad, das sei ein Herr von Stingl und eine italienische Komteß. Aber auf das Körperliche allein kommts ja bekanntlich nicht an; hat sie sich denn überhaupt in Sie ernstlich verliebt? Ich mein – mit der Seele?«

»Ich bin meiner Sache sicher!« triumphierte Kobler.

»Herr Alfons Kobler«, sagte Schmitz und betonte feierlich jede Silbe, »glaubens mir, das Weib ist halt doch noch eine Sphinx, trotz der Psychoanalyse!«   [12, 224 f.]

Im Seerestaurant zu Feldafing saßen lauter vornehme Menschen. Die Herren sahen Harry ähnlich, obwohl sich jeder die größte Mühe gab anders auszusehen, und die Damen waren durchaus gepflegt, wirkten daher sehr neu, bewegten sich fein und sprachen dummes Zeug. Wenn eine aufs Klosett mußte, schien sie verstimmt zu sein, während ihr jeweiliger Herr aufatmend rasch mal heimlich in der Nase bohrte oder sonst irgendwas Unartiges tat.   [12, 252]

Entscheidend für die Gesamthaltung eines ganzen Lebens sind die Erlebnisse der Pubertät, insbesondere beim männlichen Geschlecht.   [13, 27]

Und die Weiber sind auch so blöd, sie wollen nur einen Flieger. Das ist ihr höchstes Ideal!   [14, 21]

Mein Vater und ich, wir sind zwei verschiedene Personen. Zum Bespiel, wie ich das Licht der Welt erblickt habe, da war er ganz außer sich, daß ich nur ein Mädel bin. Und das hat er mir dann fortgesetzt nachgetragen. Dabei hat er aber Allüren wie ein Weltmann. Wenn meine Mutter nicht schon tot wär, die könnt darüber so manches trübe Lied zum besten geben. Alle Mäner sind krasse Egoisten.
[6, 35]

Alles im Leben erreicht man nur durch die Weiber – – –
[14, 81]

Begegnungen zwischen Mann und Frau

ANNA *allein.*

DER FASCHIST *kommt – er geht an ihr vorbei.*

ANNA *lächelt und geht auf und ab.*

DER FASCHIST *folgt ihr mit den Blicken:* Fräulein –

ANNA Bitte?

FASCHIST Sie haben etwas, Fräulein.

ANNA Was soll ich denn haben?

FASCHIST Es ist etwas nicht in Ordnung, Fräulein.

ANNA Was denn?

FASCHIST Etwas ganz Grandioses.

ANNA *eindringlich:* So sagen Sies doch schon, ja?!

FASCHIST Sie haben falschen Schritt, Fräulein.

ANNA *starrt ihn an.*

FASCHIST Das war jetzt ein Witz.

ANNA Ein Witz.

FASCHIST Ja.

   Stille.

   So ein Witz wirkt oft nicht.

ANNA Das liegt an mir –

FASCHIST Wahrscheinlich.

   Stille.

ANNA Ich hör nämlich sonst sehr gern Witze.

FASCHIST Ich mach eigentlich nicht gern Witze. Ich bin
   sonst ein ernster Mensch, Fräulein.

ANNA Ich hab gar nichts gegen ernste Menschen –

FASCHIST Das ist sehr freundlich von Ihnen. Dann sollten Sie mich ja durch und durch verstehn – *Plötzlich.*
   Hast du jetzt Zeit, ha?

ANNA Wir sind doch noch per Sie.

FASCHIST Zu Befehl!

ANNA Wenn Sie wolln, gehen wir jetzt etwas spazieren –

[3, 127 f.]

ALTMODISCHE Nein. Sie schauen in den Spiegel. Das soll
man nie in der Finsternis: man wird verrückt oder sieht
den Satanas neben sich.

WENZEL Ich sehe Sie.

ALTMODISCHE Und ich Sie. Wir gehören zusammen.

[1, 29]

EMANUEL Du hast dich nicht verändert.

ADA Keine Komplimente!

EMANUEL Da du als Kind schon Tiere gequält hast, kann
mich dein jetziges Benehmen keineswegs wundern –
doch hoffe ich, daß du mich nicht zu Tode peinigst.

[1, 144]

MARIANNE Heut möcht ich weit fort – heut könnt man
im Freien übernachten.

ALFRED Leicht.

MARIANNE Ach, wir armen Kulturmenschen! Was haben
wir von unserer Natur!

ALFRED Was haben wir aus unserer Natur gemacht? Eine
Zwangsjacke. Keiner darf, wie er will.

MARIANNE Und keiner will, wie er darf.
Stille.

ALFRED Und keiner darf, wie er kann.

MARIANNE Und keiner kann, wie er soll –

ALFRED *umarmt sie mit großer Gebärde, und sie wehrt
sich mit keiner Faser – ein langer Kuß.*

MARIANNE *haucht:* Ich habs gewußt, ich habs gewußt –
ALFRED Ich auch.
MARIANNE Liebst du mich, wie du solltest –?
ALFRED Das hab ich im Gefühl. Komm, setzen wir uns.
Sie setzen sich.
Stille.
MARIANNE Ich bin nur froh, daß du nicht dumm bist –
ich bin nämlich von lauter dummen Menschen umge-
ben. Auch Papa ist kein Kirchenlicht – und manchmal
glaub ich sogar, er will sich durch mich an meinem ar-
men Mutterl selig rächen. Die war nämlich sehr eigen-
sinnig.
ALFRED Du denkst zuviel.
MARIANNE Jetzt gehts mir gut. Jetzt möcht ich singen. Im-
mer, wenn ich traurig bin, möcht ich singen – *Sie
summt und verstummt wieder.* Warum sagst du kein
Wort?
Stille.
ALFRED Liebst du mich?
MARIANNE Sehr.
ALFRED So wie du solltest? Ich meine, ob du mich ver-
nünftig liebst?
MARIANNE Vernünftig?
ALFRED Ich meine, ob du keine Unüberlegtheiten ma-
chen wirst – denn dafür könnt ich keine Verantwortung
übernehmen.
MARIANNE Oh Mann, grübl doch nicht – grübl nicht,
schau die Sterne – die werden noch droben hängen,
wenn wir drunten liegen –
ALFRED Ich laß mich verbrennen.
MARIANNE Ich auch – du, o du – du –

Stille.

MARIANNE Du – wie der Blitz hast du in mich eingeschlagen und hast mich gespalten – jetzt weiß ich es aber ganz genau.

ALFRED Was?

MARIANNE Daß ich ihn nicht heiraten werde –

ALFRED Mariann!

MARIANNE Was hast du denn?

Stille.

ALFRED Ich hab kein Geld.   [4, 135 ff.]

Ein Psychoanalytiker hatte Charlotte mal gesagt, das Bild von der Landschaft, die es nie gab, sei so 'ne sexuelle Sache. Er wollte ihr das alles erklären, weil er mit ihr schlafen wollte. Charlotte wollte ja auch, und sie dachte sich die ganze Zeit, wenn er nur schon mal das Quatschen aufhören würde und losginge – – und er dachte, derweilen daß – – und quatschte. Am Schluß wurde aber dann doch nichts daraus, weil alle Bänke am Kinderspielplatz besetzt waren. Es war ein verpatzter Abend.   [I, 28]

ELISABETH Was starrens mich denn so an?

SCHUPO *lächelt:* Ist denn das verboten?

Stille.

SCHUPO Sie erinnern mich nämlich. Besonders in Ihrer Gesamthaltung. An eine liebe Tote von mir.

ELISABETH Sie reden so mystisch daher.

Stille.

SCHUPO Welche Richtung gehens denn jetzt?

ELISABETH Wollens mich gar begleiten?

SCHUPO Ich hab heut keinen Dienst mehr.

ELISABETH Ich geh lieber allein.

SCHUPO *ohne Hintergedanken:* Habens die Polizei nicht gern?

ELISABETH *zuckt etwas zusammen:* Wieso?

SCHUPO Weil Sie nicht wollen, daß ich Sie begleite. Es muß doch auch Polizisten geben, Fräulein! In jedem von uns schlummert zum Beispiel ein Eisenbahnattentäter.

ELISABETH In mir nicht.

SCHUPO Geh das gibt es doch gar nicht!

ELISABETH *ahmt ihn nach:* »Das gibt es doch gar nicht!«

SCHUPO *lächelt:* Sie tun ja direkt, als wärens schon einmal hingerichtet worden.

ELISABETH Es kümmert sich keiner darum.

SCHUPO Man darf die Hoffnung nicht sinken lassen.

ELISABETH Das sind Sprüch.

Stille. [6, 39]

EMIL Ich bin halt kein leichter Mensch – – und Heiraten ist doch kein Kinderspiel. Sie waren doch auch schon mal verlobt. Man erfährt doch so manches, wenn man im selben Haus wohnt.

IRENE *fixiert ihn:* Wie meinen Sie das jetzt?

EMIL Ich meine halt nur, daß man sein Herz unter Umständen leicht an einen unwürdigen Partner verschwenden kann – –

IRENE Sie sind eigentlich ein boshafter Mensch, Herr Emil.

EMIL Sie verkennen mich grausam. Schade. Wenn ich nicht schon eine Braut hätte, würde ich Sie heiraten – – glatt. Sie haben einen schönen Charakter und Blumen sind eine angenehme Branche.

IRENE Sehr aufmerksam.

EMIL Was kostet diese Stechpalme?

IRENE Die ist sehr preiswert.

EMIL Übrigens: hätten wir nicht doch lieber Flieder – – –

IRENE *unterbricht ihn:* Nein. Rosen bringen Glück.

[7, 14]

Jetzt kommt die erste Tochter aus dem Büro.

MUTTER *zu Don Juan:* Meine ältere Tochter – –

DON JUAN *erhebt sich.*

MUTTER *zur Ersten:* Unser Zimmerherr.

ERSTE *zu Don Juan:* Bleiben Sie nur ruhig sitzen. *Zur Mutter.* Ich muß gleich wieder weg.

MUTTER Wohin?

ERSTE Das weißt du doch, Mama!

MUTTER Wieder diese Partei?

ERSTE Immer und immer.

MUTTER *zu Don Juan:* Meine Tochter will die Welt verbessern – –

ERSTE *grinst:* Erraten.

DON JUAN *lächelt:* Respekt!

ERSTE *verärgert:* Danke. *Zur Mutter:* Ich möcht nur rasch was essen.

MUTTER Es ist nichts da.

ERSTE Heut mittag ließ ich aber doch extra was übrig – –

ZWEITE *frech:* Das hab ich vertilgt.

ERSTE Schon wieder?

MUTTER Ich bitt euch, den Herrn dürft doch das gar nicht interessieren – –

ERSTE *fällt ihr ins Wort:* Es ist möglich, daß es den Herrn nicht interessiert, ob einer satt ist oder nicht – –

MUTTER Aber Magda! Du hast dir einen Ton ange-
   wöhnt – –
ERSTE *unterbricht sie:* Mein Ton ist richtig, glaub es mir!
MUTTER *zu Don Juan:* Sie ist fanatisiert – – *Zur Ersten.*
   Tu deine Pflicht im Büro, ehrlich, fleißig, treu und Schluß!
ERSTE *braust, auf:* Red keinen Mist, Mama! Du weißt
   ja gar nicht, wie ein Büro aussieht, du warst ja nie an-
   gestellt, für dich hat Papa immer gesorgt und du hast
   dir keine Gedanken gemacht – – wer war denn schuld
   an diesem Krieg? Deine Welt!
DON JUAN *lächelt:* Kriege wirds immer geben, Fräulein – –
ERSTE Meinen Sie?
DON JUAN Ja.
MUTTER Selbstverständlich.
   Stille   [9, 38 f.]

LUISE (lächelt) Ihr Herr Bruder Fredy behauptet zwar,
   ich sei zu dick.
REITHOFER Keine Idee! Sie sind grad richtig!
LUISE Er sagt, wenn ich unangezogen so ausschaun tät, als
   wie ich angezogen ausschau, dann tät ich ihm gefallen.
REITHOFER Ah, das ist aber lächerlich! Der Kontakt zwi-
   schen zwei Menschen basiert doch nicht nur auf äußer-
   lichen Reizen!
LUISE Aber wenn diese Basis aufhört, dann wird's schlimm.
REITHOFER Das ist individuell.
LUISE (sehr ernst) Herr Reithofer. Was glauben's denn,
   wie alt daß ich bin?
REITHOFER Hm.
LUISE Genierens Ihnen nur nicht, mir müssen's keine
   Komplimente machen.

REITHOFER Also ohne Komplimente – Fünfunddreißig.

LUISE Und elf.

REITHOFER Und wieviel?

LUISE Elf.

REITHOFER Sechsundvierzig?

LUISE Ja.

REITHOFER Respekt!

LUISE (schneidet sich vor ihrem Toilettenspiegel die Här-
chen aus den Nasenlöchern) Ich bin eine uneitle Frau.

[II, 91 f.]

*Theodor, ein Leidtragender, kommt in tiefer Trauer
rasch vorbei. Er ist sehr lustig.*

THEODOR Guten Abend, schöne Frau! Ich wollt Sie nur
mal rasch erinnern, daß Sie den Kranz nicht vergessen,
das wär nämlich sonst eine schlimme Blamage!

IRENE Der Kranz ist schon längst geliefert.

THEODOR In die Wohnung oder gleich hinaus?

IRENE Gleich ins Krematorium, mein Herr.

THEODOR Dann ists schon gut. Und auf der Schleife steht?

IRENE »Letzte Grüße«.

THEODOR Bravo! Sehr schön, sehr brav! Das klappt ja
alles prima! Na was macht denn die liebe Frau für ein
trauriges Gesicht? Ihnen ist doch niemand gestorben,
sondern mir! Aber sehens, ich laß mir meinen Humor
nicht nehmen! Man lebt nur einmal! In diesem Sinne – –
Er grüßt und ab.

[7, 17]

PRÄPARATOR Was ist denn Ihr Vater von Beruf?

ELISABETH Ein Inspektor.

PRÄPARATOR Inspektor? Respekt!

ELISABETH Aber er kann mir halt auch nicht unter die Arme greifen, weil meine Mama im März das Zeitliche gesegnet hat und da hat er gleich soviel Ausgaben gehabt damit.

PRÄPARATOR Was ist schon so ein lumpiger Oberpräparator neben einem Inspektor? Respekt, Fräulein!

ELISABETH Sehens, wenn ich jetzt hundertfünfzig Mark hätt, dann könnt ich jetzt meinen Wandergewerbeschein haben und dann würde sich mir die Welt wieder öffnen – – weil ich mit einem Wandergewerbeschein schon morgen eine sozusagen fast selbständige Position bekommen tät in meiner ursprünglichen Branche, aus der ich herausgerissen worden bin durch die Zeitumstände. *Stille.*

PRÄPARATOR Was war denn das für eine Branche?

ELISABETH Hüftgürtel, Korsett. Engros. Auch Büstenhalter und dergleichen.

PRÄPARATOR Interessant.
Stille.

ELISABETH Wo bist du, goldene Zeit?
Stille.

PRÄPARATOR *kramt aus seiner Brieftasche eine Fotografie hervor:* Da schauns mal her – –

ELISABETH *betrachtet die Fotografie:* Ein netter Hund.

PRÄPARATOR Mein Rehpintscher – –

ELISABETH Aufgeweckt.

PRÄPARATOR Und scharf! Leider ist er mir verreckt.

ELISABETH Schade.

PRÄPARATOR *pfeift:* Das war sein Pfiff. Da ist er dann immer gekommen. *Er spricht nun mit der Fotografie.* Burschi, Burschi, jetzt bist hin – – aus ist es mit dem Gassi-

Gassi – – *Er steckt die Fotografie wieder ein; zu Elisabeth*. Aber das freut mich von Ihnen, daß Sie mit dem armen Burschi sympathisieren. Wie heißen denn Sie mit dem Vornamen?

ELISABETH Elisabeth.

Stille.

PRÄPARATOR Die Kaiserin Elisabeth von Österreich, das war auch ein gutes braves Weiberl – aber trotzdem ist sie halt einem ruchlosen Attentat zum Opfer gefallen. In Genf. Überhaupt der Völkerbund – – alles ruchlos! Jetzt hab ich halt noch meine Schmetterlingssammlung und den Kanari und gestern ist mir eine Katz zugelaufen. – Interessiert Ihnen ein Aquarium?

ELISABETH Wie belieben?

PRÄPARATOR Ich hätte auch ein Terrarium.

ELISABETH Terrarium eher.

PRÄPARATOR Also dann kommens halt mal zu mir, Sie Fräulein Inspektor.

ELISABETH Vielleicht.   [6, 20 f.]

Verschlagene Bekenntnisse

Ich bin ja ganz anders, aber ich komme so selten dazu.

[1, 223 f.]

Ich wollte auch nie weh tun. Jedoch es ist mein Fehler, daß ich laut denke und tue. Bin nämlich der verlorene Sohn, nur möcht ich wissen, wer mich verloren hat.

[1, 23 f.]

WENZEL Fahrwohl! Auch ich war ein Jüngling mit lockigem Haar. Sentimental und mit Pickeln im Gesicht. Gute alte Zeit!

Der Tisch, der Tisch – ich werde verrückt, verrückt! *Er preßt die Stirne an das Barfenster.*

Siehst du den Satanas? Nur dich selbst! Kein Teufel, da kein lieber Gott! Nur zwei Augen, Nase, Mund, eine Stirne, niemals zwei, ein Hut um sechsfünfzig und die Gnade nur selten von der Wahrheit besucht zu werden. Das ist alles. Oder nichts. Bist erkannt du Dreck! Erkannt! – Doch ich will nicht mit Trauerfahnen jubilieren.

Ein Hotelfenster wird hell.

Sieht empor. Hm. Jetzt betritt er das Zimmer. Kostet zwei Mark. Teuer. Und billig. Jetzt zieht sie den Vorhang vor – bald leckt das Mysterium hündisch vier Sohlen. Und unerschöpflich strömt die Latrine der Ewigkeit über die Planetensysteme. Wir sind der Dung. Wie seelisch unser Tun blüht! *Er lächelt irr; starrt dann vor sich hin.* Alles ist hohl und leer. Die Häuser riechen nach Leichen und

Sauerkraut. Man sollte sich selber erbrechen können. –
Alles ist tot.

Stille; dann geht er langsam an den Laden und liest.
Diamanten. Gold. Kauf. Verkauf. Simon Kohn – Kennt
ihr Simon Kohn? Der tat nur kaufen und verkaufen: Split-
ter und Staub aus Afrika. Und tat es unters Kopfkissen
und überall glitzerte das Falsche. Die Imitation – *Er spricht
unterdrückt in den Laden hinein.* Herr Kohn. Lassen Sie
mit sich reden. Ruhig reden. Ich irrte. Reden, Herr Kohn!
Wollte ja alles anders, immer alles anders! Wollte doch
nur einbrechen, den Schmuck stehlen, ich schwöre: wollte nur stehlen! Hören Sie mich? Stehen Sie doch wieder
auf, liegen ja unterm Pult! Setzen Sie sich wieder! Und
nehmen Sie Stock und Hut! Stehen Sie auf, auf – *Er trom-
melt an den Laden.*   [1, 30 f.]

Mein Kamel ist bereits durchs Nadelöhr – Hihihi! die
Kreatur!   [1, 32]

Es wird so angenehm ruhig, wenn man an sein erstes ge-
brochenes Ehrenwort denkt.   [1, 213]

Ich wollte mich schon mal umbringen, aber dann hab ich
mir gedacht, ich verkauf mich doch lieber. Weil es leichter
geht.   [1, 270]

Heut bin ich nicht mehr korrekt, heut bin ich mensch-
lich.   [1, 278]

Wir hatten zu Hause einen reinrassigen Dobermann. Dem
habe ich einmal die Beine zusammengebunden und los-

geprügelt, bis ich nicht mehr konnte. Das Vieh gab keinen Ton von sich. Es gibt so stolze Köter. Es hat mich nur angeschaut.   [2, 27]

Ich hab noch nie richtig gearbeitet. Sie hat es nicht gern gesehen, daß ich was verdien. Sie hatte Angst, ich könnt ohne sie leben. Sie hat mich lieber ausgehalten, das ist das berühmte mütterliche Gefühl. Auch so ein Verbrechen.

[2, 33]

Wenn ich was geworden wär, wär ich Komiker geworden. Man muß sich nur auslachen lassen und verdient Geld.

[2, 38]

Ich bin nämlich nicht so veranlagt, daß ich eine Blume einfach nur so abbrech, am Wegrand. Ich muß auch menschlich einen Kontakt haben – und das geht bei mir über die Politik.   [3, 82]

Ich weiß ja, daß ich nicht gerade fein bin, denn ich bin halt ehrlich.   [12, 216]

Marianne oder: Das Verwesen
Eine Novelle

Nach dem Tode löst sich der Körper auf: Er verwest. Die Verwesung gebärt neues Leben – die Seele schwebt in den Schoß eines mächtigen guten Vaters, behauptet der Aberglaube.

   Es gibt aber nun einen Tod, der eintritt und der Körper lebt noch einige Jahre weiter, man verwest bei lebendigem Leibe.

Von einem solchen Fall will ich hier berichten. Seine klinische Diagnose lautet auf beginnende dementia praecox.

Mit Recht werden viele fragen, was geht dieser Einzelfall mich an? Aber er ist ein typisches Beispiel für den Kampf der Triebe gegen die Kultur. –

Ich hab Marianne vier Jahre lang nicht gesehen. Vor vier Jahren hatte ich mit ihr etwas. Sie war nervös, und einmal hatte ich sie verprügelt.

Nun sah ich sie wieder. Sie wusch sich nicht mehr, roch übel aus dem Munde, stank nach Schwein, verwahrloste sich.

Sie starb vor drei Jahren. An ihren Tod kann sie sich nicht genau erinnern. [I, 16]

Der eine fühlt den Trieb stärker in sich, der andere schwächer. In uns brennt er wie Opferfeuer! [3, 85]

Ich denke ja gar nichts, ich sage es ja nur. [5, 101]

Die Tauben sitzen auf meinen Schultern und fressen mir aus meiner Hand, der Kanari singt und meine Schlange hab ich dressiert. Ich hab einen Stall voll weißer Mäus und meine drei Goldfische heißen Anton, Josef und Herbert. Ich muß um mehr Autorität bitten, und zwar energisch. Man weiß es anscheinend noch nicht, wer ich bin?! Ich bin der Oberpräparator, bitt ich mir aus. Und wenn ich jemand umbring, dann mach ich das schon mit mir selber aus. Allein mit meinem Gott! [6, 62]

Da ich ihr damals meine Kraft gegeben habe, habe ich
folglich auch ein gewisses Recht zu weiteren Eingriffen
in ihr Leben – –   [7, 19]

*Jetzt taucht ein verstörter Mensch auf: der Privatpäd-
agoge. Ohne Krawatte und mit zerwühltem Haar.
Rasch möcht er auf die Brücke.*

SZAMEK Halt! Ihren Grenzschein bitte – – *Er will sich
erheben, muß sich aber gleich wieder setzen vor lauter
Rum.*

PRIVATPÄDAGOGE Lieber Herr, ich brauch keinen Grenzschein mehr!

SZAMEK Hör ich recht? Jeder Mensch braucht einen
Grenzschein, wenn er hinüber möcht!

PRIVATPÄDAGOGE *blickt in den Himmel:* »Hinüber«! Für
mein Hinüber brauch ich keinen Paß – – *Er schreit Szamek plötzlich an.* Haltens mich nicht auf, ich möcht
sterben!

SZAMEK Seiens so gut! *Er schläft wieder ein.*

PRIVATPÄDAGOGE Jetzt geh ich auf diese Brücke, dort
wo sie am tiefsten ist und spring ins Wasser! O dieses
Leben! Lauter Dummheit, Lüge und Niedertracht – –
nirgends eine mütterliche Persönlichkeit!

MRSCHITZKA Recht habens! Wo man hinschaut lauter Ro-
heit und Gemeinheit, nirgends eine kleine Zartheit – –

PRIVATPÄDAGOGE *weint:* O wie wahr!

MRSCHITZKA *schluchzt:* Meinens, ich halt das aus? Aber
keine Idee! Kommens, ich geh mit und spring auch!

PRIVATPÄDAGOGE Nein! So etwas muß jeder mit sich
selbst abmachen!

MRSCHITZKA Also werdens nur nicht vorlaut, ja?! Wenn

der Mrschitzka sagt, daß er mitspringt, dann springt er
aber auch mit! Wo sind denn nur meine Schuh?! Kruzi-
fix, ich kann doch nicht ohne Schuh bei die Blutblasen
unter die Hornhäuter – –

PRIVATPÄDAGOGE Ich spring allein!

MRSCHITZKA So wartens doch, Sie Nervösling Sie!

PRIVATPÄDAGOGE Lassens mich! Wissens denn, was ich
getan hab? Grad hab ich meine Frau erschlagen! Erschlagen! *Rasch ab.*

MRSCHITZKA *sieht ihm verdutzt nach:* Ist das ein Witz!

[7, 122 f.]

Meine Familie versteht mich nicht, Herr Leutnant. Als
ich mich neulich freute, daß wir so viele Feinde haben,
weil das doch eine Ehre ist – da hat mir mein Vater eine
runtergehauen. Wenn meine Mutter nicht wär, Herr Leutnant – meine Mutter ist noch die einzige, die mich versteht – Mein Vater ist liberal. [3, 89]

Nur schad, daß nicht Winter ist, erfrieren ist der schön-
ste Tod! [7, 125]

Lieber in einem Himmelbett, als im Himmel. [8, 105]

Es gibt nichts auf der Welt, was du deinem Manne nicht
sagen könntest, zu jeder Tages- und Nachtzeit. Nur nach
dem Essen wünsche ich nicht gestört zu werden. [8, 132]

Ich bin nicht dazu geboren, eine Frau Konditor zu frisie-
ren und Mißgeburten für charmant zu halten, ich hab
schon an den größten Sängerinnen Kritik geübt, ich bin

82

nicht dazu geboren, in verräucherten Wirtshäusern Bier
zu trinken, ich hab schon mal in meinem Leben Cham-
pagner getrunken, ich bin nicht dazu geboren, in Damen-
kränzchen über Brüche zu diskutieren, ich war die Ver-
traute einer Gräfin –   [8, 130 f.]

ADJUNKT Also ich bin der einzige – der einzige, der sich
    von Ihnen rasieren läßt?
SUSANNE Ja.
ADJUNKT Ich fürcht mich nicht. Von Ihnen ließe ich mir
    auch gern die Gurgel durchschneiden – *Er grinst.*
SUSANNE *lacht gezwungen:* Gott, wie blutig! Was würd
    denn das Fräulein Braut dazu sagen? Ein Bräutigam
    ohne Gurgel!
ADJUNKT Die muß sich an alles gewöhnen.
    Stille.   [8, 125]

Ich hab sie gepackt und geschüttelt, aber sie war nicht
mehr da – ich hab noch nach ihr gerufen, aber sie gab keinen Laut mehr von sich. Dann bin ich nach Haus und hab
mich niedergelegt. Ich hab plötzlich wieder schlafen können, seit vier Monaten, wie ein pflichtgetreuer Beamter –
                                                        [10, 66]

Die Frauenfrage interessiert mich nicht, mich interessiert
nur die Frau!   [12, 213]

Ich habe in meinem Leben schon so oft immer hungern
müssen, daß das Wort »bürgerlich« für mich seine Schrek-
ken verloren hat.   [8, 123]

Skeptisch sein ist halt eine Selbstqual – aber was hab ich denn auf der Welt noch zu suchen, wenn mal die Skepsis verboten ist?   [12, 214]

Manchmal möchte ich der Vesuv sein: ausbrechen und alles vernichten – –   [10, 243]

Sportmärchen

Start und Ziel

Manchmal plaudern Start und Ziel miteinander.

Es sagt das Ziel:
  »Stände ich nicht hier – – – wärest du ziellos!«

Und der Start sagt:
  »Das ist schon richtig; doch denke: wäre ich ziellos – – – was dann?«

»Das wäre mein Tod.«

Da lächelt der Start:
  »Jaja – – – so ist das Leben, Herr Vetter!«   [11, 48]

Der sichere Stand

Einst kletterte ein Kletterer über einen berüchtigten, un-
gemein brüchigen Grat empor – – – und fürwahr! er war
ein kühner Bursche: denn selbst von Zacken mit Zipper-
lein (die nur noch den erlösenden Rülps ersehnten um
die Fahrt nach dem Friedhof tief unten im Kar antreten
zu können) rief er denen, die hinter ihm herkletterten, zu:
  »Kommt immer nur nach! Habe sicheren Stand!«

Und einmal hielt er sich gar nur mit zwei Fingerspitzen der linken Hand an einem kaum sichtbaren Griff, doch schon rollte er rasch mit der Rechten das Seil ein und schrie:

»Sicherer Stand!«

– – – da seufzte sein Griff und brach ab: kopfüber flog er aus der Mutterwand und mit ihm unser Kletterer, während ein scharfer Stein schmunzelnd das Seil durch-biß – – – – – – und erst nach gut fünfhundert Metern klatschte er wie eine reife Pflaume auf eine breite Geröll-terrasse. Aber sterbend schrie er noch seinen Gefährten zu:

»Nachkommen! Sicherer Stand!«

War das ein Optimist!! [11, 49]

Was ist das?

Zwei Schwergewichte werden als Zwillinge geboren und hassen sich schon in der ersten Runde ihres Daseins. Aber nie reicht die Kraft, um den anderen im freien Stil zu er-würgen, nie wirken die heimlich im Ring verabreichten Gifte genügend gefährlich und alle Schüsse aus dem Hin-terhalt prallen von den zu Stein trainierten Muskelteilen (vom Gürtel aufwärts!) ab.

Und so leben die beiden neunzig Lenze lang.

Aber eines Nachts schläft der eine beim offengelassenen Fenster, hustet dann morgens und stirbt noch am selbigen Abend.

Was ist das?

Ein Punktsieg. [11, 61]

Begegnung in der Wand

Als einst der geübte Bergsteiger von einer hehren Alpenzinne herabkletterte, begegnete er in der sich nach unten zu einem äußerst schwierigen Kamin verengenden plattigen Rinne dem ungeübten Bergsteiger.

Der lag schon seit einigen Jahren an dieser Stelle. Kopfabwärts. Sein Rückgrat war gebrochen und lugte nun aus seiner Kehle wie eine schlechtsitzende Krawatte; dadurch hing sein Schädel hinten herunter als hätt er den Hals vergessen. Statt Kleider flatterten im kühlen Bergwind nur Fetzen der Wickelgamaschen um seine Knochen, auf denen sich am relativ besten die Fleischteile über der Brust behaupteten. Und er besaß nur mehr einen Arm, denn der andere hatte bereits zu letzt Frühjahr seinen Rumpf verlassen und war nach unten in die finstere Randkluft geflogen. Das Fliegen hatte jener wahrscheinlich den Jochgeiern abgeguckt, denen die Augen seines Herrn seinerzeit als Leckerbissen mundeten.

Da nun der geübte Bergsteiger neben diesem Wesen an der Wand klebte, sprach er nach kurzem Gruße:

»Wenn ein Ungeübter mit solch Schuhzeug (geschweige denn Kletterschuhe) hier herunterklettert, obendrein allein, so hab ich kein Mitleid!«

»Verzeihen Sie – – –« erwiderte der ungeübte Bergsteiger »verzeihen Sie, daß als ich noch klein war über meinem Bette ein Gebirgsbild hing; denn seit jenen Jahren hört ich sie singen in mir: die Sehnsucht nach den blauen Bergen – – – ohne jemals auch nur einen Hügel erblickt zu haben. Und dies war meine erste – – –«

»Man merkts«, unterbrach ihn der Geübte und hielt sich die Nase zu.

»Jaja!« nickte die Leiche und lächelte leise. »Sichere Kletterer behalten immer recht: es duftet nicht nach Hyazinthen – – – jedoch ich hoffe Sie werden mir trotzdem einen Gefallen tun: wenn Sie auch kein Mitleid mit mir haben. Aber ich sehe: Sie sind geübt und gelangen daher wieder heil hinab ins Tal. Und ich bitte: wären Sie nicht so liebenswürdig diese Postkarte, die ich bereits vor zwei Sommern an meine Mutter in Tilsit schrieb, mitzunehmen und in einen Briefkasten zu befördern?«

»Warum nicht?«

»Warum ja? – – – haben Sie Angst?«

»Geben Sie die Karte her!!« schrie da der Sichere – – – und kaum fühlte er sie in der Hand, kletterte er fluchtartig, als drohten ihm Gewitterfinger, fort ohne Gruß von dem redseligen Leichnam.

Doch dieser hat ihm noch freundlich nachgewunken mit
seinem einen Arm: als er unten über den Ferner lief – – –
bis er verschwand: dort hinter dem Buckel wo die Hütte
liegt im Tal, das schon ganz in Schatten versank.

Und bald umrangen auch Nachtnebel grau die verlasse-
nen Gipfel und die Dunkelheit hielt Hochzeit im stillen
Kar. Und irgendwo sang ein Salamander Ständchen – – –

Da grub der ungeübte Bergsteiger aus einer Felsenspalte
einen Führer hervor und las nach, welch Wand oder Grat
seiner blauen Berge er noch nicht erklettert hat.

Denn die Nächte gehören den Abgestürzten.   [11, 69 f.]

Die Beratung

Es war einmal ein Bergsteiger, der vernachlässigte in gar
arger Weise seine Ausrüstung. Das ließ sich diese aber
nicht länger mehr gefallen und trat zusammen zur Bera-
tung.

Die Nagelschuhe fletschten grimmig die Zähne und for-
derten, da er sie ständig fettlos ernähre, seinen sofortigen
Tod. Darin wurden sie vom Seil unterstützt. Die Kletterschuhe zeigten ihre offenen Wunden dem Rucksack, der
noch etwas ungläubig tat, da er erst gestern aus dem
Laden gekommen war, und erzählten ihm erbebend den
jeglicher Zivilisation hohnsprechenden Martertod seines
Vorgängers. Der Eispickel bohrte sich gehaltvoll bedäch-

tig in den Boden und sprach: »Es muß anders werden!«
Und die Windjacke kreischte empört: »Er zieht mich sogar in der Stadt an!«

Endlich ward man sich einig über seinen Tod bei der
nächsten Tour:

Die Windjacke sollte sich zu Hause verstecken um überhaupt nicht dabei zu sein. Zuerst müßten dann die Nagelschuhe, vornehmlich mit ihren besonders spitzen Absatz-
zähnen, seine Fersen und Sohlen blutig beißen. Später in
der Wand wird ihn der Rucksack aus dem Gleichgewicht
bringen, wobei sich die Kletterschuhe aalglatt zu benehmen haben – – – und sogleich wird der Pickel in seine Gedärme dringen und das Seil ihn mit einer Schlinge erwür-
gen.
    Jedoch zu selbiger Zeit glitt der Bergsteiger auf der
Straße über eine Apfelsinenschale und brach sich das
Bein. Und – – – er würde sicher nicht mehr fluchen, daß
er nun nie mehr in die Berge kann, wüßte er von der Be-
ratung.   [11, 73 f.]

Das Sprungbrett

Ein Sprungbrett ärgerte sich grün und gelb, da es ständig nur solche Gedanken spann:
    »Bei Poseidon! Es ist doch empörend, daß sich diese
Springer nur dann in die Höhe schnellen können, wenn
sie mich niederdrücken!«

Und an einem heißen Sommersonntagnachmittag riß ihm endlich die Geduld: als nun Einer, der es durch seine zahllosen Kopfsprünge am häufigsten gedemütigt hatte, zum Salto ansetzend es zum ixtenmal brutal hinabdrückte, brach es sich einfach selber ab.

Dadurch fiel der Springer aber weder auf Hirn noch Hintern, sondern platschte auf seinen Bauch, der platzte. Da war er tot.

Sehr stolz ob dieser gewonnenen Schlacht wiegte sich nun das Sprungbrett auf den Wellen. Doch bald und unerbittlich kam die Erkenntnis, daß der Sieg wohl an der Form, nicht, aber am Wesen seiner Lage eine Änderung brachte: denn nun wurde es eben als Balken von ermüdeten Schwimmern mißbraucht, die sich auf ihm ausruhten, indem sie es niederdrückten.

Moral:

Solange ein Sprungbrett das Schwimmen nicht verbieten kann, solange entgeht keiner seinem Schicksal!   [11, 82]

Der Fallschirm

Ein Fallschirm sprach zum Flieger, seinem Herrn: »Zahlst du mir heut abend wieder kein Glas Bier, so verschließe ich mich, springst du morgen aus dem Flugzeug, wie eine hartherzige Geliebte!«

Doch der Flieger lachte nur:

»Du mußt dich öffnen, mein Lieber, kenne dich ja zu genau!«

Aber der Fallschirm fuhr fort:

»Ich weiß, daß du mich erfunden und erbaut, jedoch: hüte dich! Denn folgst du etwa dessen Geboten, der dich ersann? Beichtest du, fastest du – –?«

Da erbleichte der Flieger, sein Mut erstarrte zu Angst und er lief zum Priester beichten und tat im Dom das feierliche Gelöbnis, daß er von nun ab jeden Freitag fasten werde.

Aber trotz all dem tötete ihn tags darauf sein Fallschirm: der hat seine Drohung verwirklicht – – weil er sich selber das Bier zahlen mußte.   [11, 84]

Die drei Gesellen

Im Wirtshaus zum »Asketen Sport« saßen in einer Ecke drei Gesellen beim Bier.

»Ich trinke auf die Kraft!« sprach der eine mit Stentorstimme aus griechisch-römischem Brustkasten.

»Ich trinke auf den harten Schlag!« sprach der zweite und unbewußter Weise ballten sich seine Hände zu Fäusten.

»Ich trinke auf die Gewandtheit!« sprach der dritte, ein dürres Männlein mit gelben Schlitzaugen, der auf seinem Stuhle saß wie eine Schlange, die sich zwingt aufrecht zu tun.

Nachdem nun alle drei getrunken haben, wollte ein jeder den eigenen Trinkspruch mit Erläuterungen versehen – leider: gleichzeitig. Denn da hörte ein jeder nur sich selbst, was zur Folge hatte, daß keiner den anderen verstehen konnte, was wiederum zur Folge hatte, daß alle drei in Wut gerieten. Und die Wut wuchs und wuchs bis zu pompöser Keilerei – immer einer gegen zwei! Dazu benötigt man aber bekanntlich genau so viel Kraft, wie harten Schlag und Gewandtheit.

Jedoch erst am nächsten Morgen brachte sie der Spiegel zu dieser Erkenntnis. Da saßen sie nun im Stübchen und schrieben in ihre Tagebücher mit gefühlsdurchdrungenen Lettern:

»Ehre sei Gott in der Höhe und Friede unter den Sportlern auf Erden, sofern sie guten Willens sind!«

Was heißen soll:

»– sofern sie dem Leben abgewandt bleiben.« [11, 89]

Bittere Feststellungen

Die Tat gilt mehr als das Wissen, die Waffe mehr als das Wort. [2, 28]

Ohne Lüge gibts kein Leben. [14, 16]

Es wird auf der Welt nichts besser gehaßt und verachtet als ein redlicher Mann mit Verstand [8, 149]

Wenig wissen ist dumm und viel ist schädlich. [1, 15]

Lange Worte haben wenig Sinn. [7, 380]

Ich sags ja immer: es bleibt einem nur das Wirtshaus.
[8, 165]

Aber was kann man denn machen, wenn man anstoßen will?! So trinken wir eben mit Jauche auf unsere Ideale!
[1, 162]

Wen der Beruf zu reisen zwingt, der weiß nie, wo er sein Kind trifft. [1, 189]

Wir sind noch ungeborene Seelen. Wir warten auf den Storch und hoffen, nicht abgetrieben zu werden. [2, 38]

Die gemeinsten Verräter sitzen hinter den eigenen Kulissen! [2, 63]

Als Mensch möchte ich jetzt tot umfallen, aber als Kavalier muß ich mich degradieren lassen. [1, 145]

Die Welt ist zu verlogen, sie will belogen sein! [1, 147]

Der Glaube an die Unantastbarkeit jedes lebendigen Wesens führt in die Labyrinthe des Betruges. [2, 71]

Jedesmal, wenn ich eine Sau abstich, versaut mir das Wetter die ganze italienische Nacht. [3, 66]

Es hat doch keinen Sinn, als Vieh durch das Leben zu laufen und immer nur an die Befriedigung seiner niederen Instinkte zu denken. [3, 80]

Du hast das Bewusstsein verloren, weil du ausnahmsweise der Wahrheit begegnet bist. (...) – Ich bin verdammt, alles bei Bewußtsein zu verdauen, zu sehen und hören, wie die eigenen Gedärme arbeiten. [1, 180]

Der Mensch hat doch eine grausame Natur von Natur aus. [3, 118]

Nichts gibt so sehr das Gefühl der Unendlichkeit als wie die Dummheit. [4, 101]

Ich müßte so tief unter mich hinunter, damit ich höher hinauf kann. [5, 135]

Dummheit und Stolz wachsen auf einem Holz. [6, 34]

Wenn man schon etwas anstellt, dann müßt es sich aber auch rentieren tun. [6, 35]

Man kann sich auch aus einem Hochgefühl heraus umbringen. [7, 28]

Was ist ein Genie? Ein genialer Mensch. Und was ist ein Mensch? Ein Nichts. Also was ist ein Genie? Gar nichts! [7, 120]

Wieder ein Jahr – bis zwanzig gehts im Schritt, bis vierzig im Trab, und nach vierzig im Galopp. [4, 112]

Schwarz ist noch viel zu weiß. [7, 121]

Es kommt nicht darauf an, was man abschreibt, sondern wie man abschreibt! In der gesamten internationalen Kunst kommt es auf das »Wie« und niemals auf das »Was« an – – soviel versteh ich auch von der Belletristik! Ich versteh aber auch, warum Sie mir immer mies machen wollen vor unseren bewährten Autoren: ich soll immer neue, junge heranziehen, wie? Hab doch schon alles versucht! Und was hab ich geerntet? Was ich gesät hab: da kommen die Herren Poeten mit neuen Ideen, die sich von keiner Seite photographieren lassen! Haben Ideale im Herzen und Wimmerl auf der Stirn und wenns ein paar Groschen Vorschuß haben, werdens größenwahnsinnig, klopfen mir auf die Schulter und behaupten, mehr vom Betrieb zu verstehen, wie ich! Lassens mich aus mit Ihren jungen Dichtern! [7, 219]

Die Leut, die den Film produzieren, die sind nicht dumm, nur die, die zuschaun und dafür bezahlen – denen ist es sogar ihre Pflicht, dumm zu sein!   [7, 220]

ANTONIO *boshaft:* Was ist denn dein Ziel für ein Ziel?

FIGARO Sag ich nicht.

ANTONIO Ein großes Rätsel, was?

FIGARO Ja, ein Rätsel. Was ist das: es wird immer gesucht, nie gefunden, und dennoch immer wieder verloren –

ANTONIO *zuckt die Schultern.*

FIGARO *zu Fanchette:* Komm, dir lös ich das Rätsel, aber nur dir, weil du mich mal gefragt hast, ob ich mich denn nicht schäm – – *Er lächelt und verratet ihr flüsternd die Lösung, nickt ihr dann freundlich zu und ab.*

ANTONIO *sieht ihm überrascht nach:* Was sagte er?

FANCHETTE Ich hab ihn nicht verstanden.

ANTONIO Immer gesucht, nie gefunden, und dennoch immer wieder verloren – – – – was ist das?

FANCHETTE Er sagte, es wäre die Menschlichkeit.

[8, 177]

Durch die Wand kommt man nur mit dem Kopf.   [7, 402]

Not kennt kein Gebot.   [8, 160]

Auch der Wurm krümmt sich, wenn er kontrolliert wird.

[10, 104]

Auch der Wurm krümmt sich, wenn er getreten wird!

[I, 141]

Wirklich prachtvoll. Wie auf einem Friedhof. [10, 114]

Die Wahrheit wächst im Himmel, mein lieber Herr, doch die Wurzeln der Lüge gedeihen alle so um das Haus herum im täglichen Leben – und der Teufel schleppt noch den Dünger herbei, damit sie besser wachsen. [10, 134]

Manchmal kommt man ohne einen kleinen Betrug nicht dazu, die Wahrheit zu sagen. [10, 141]

Mein Leiden, Kind, ist nicht der Ausfluß des üppigen Lebens, sondern der Erregung über das Leben in Geschäften. Verlieren regt auf, aber verdienen noch mehr – und viel verdienen, das legt sich aufs Herz, denn viel verdienen ist Schmerz, teuer erkaufter Schmerz. [10, 236]

Jugend kennt halt keine Tugend. [12, 211]

Wie gut haben es doch die Bilder in den Museen! Sie wohnen vornehm, frieren nicht, müssen weder essen, noch arbeiten, hängen nur an der Wand und werden bestaunt, als hätten sie Gott weiß was geleistet! [12, 243]

Und ohne die kleinen Dummheiten des Lebens wären wir ja alle nicht auf der Welt. [13, 50]

Wenn der Vater keinen Konzern hätte, würde die Mutter nur nach sich selbst duften. [13, 145]

Es gibt Kinder der Sonne und Kinder der Nacht.

[10, 142]

Durch das Denken kommt man auf ungesunde Gedanken. [14, 28]

Und wenn das Geld dann zur Neige geht, und man hat nichts mehr zum Saufen, dann erwacht so ein eigenartiges Wesen, das Gewissen, steht auf, setzt sich an dein Bett und rechnet es dir vor, was du alles verspielt hast, was du alles falsch gemacht hast – – und dann liegst du da schlaflos in der Nacht und schwitzt vor lauter Angst, und schaust heimlich zum Fenster hinaus, ob nicht ein schwarzer Mann über die Straße geht und unten steht. So ein schwarzer Mann, wie er auf alten Bildern abgemalt ist, der auf einem schwarzen Roß reitet. Und dann fällt dir ein, daß du als Kind gespielt hast »Fürchtest du den schwarzen Mann?«

»Nein!« hast du gerufen.

»Wenn er aber kommt?«

»Dann laufen wir davon!«

Aber du kannst nicht weglaufen und der schwarze Mann steht unten auf der Straße und wartet. Und dann kommt er zu dir ins Zimmer und fragt dich: »Fürchtest du den schwarzen Mann?« Und du sagst: »Ja«. Dann ist er zufrieden und geht wieder fort. Wenn du »Nein« sagen würdest, würd er dich holen, und das ist dein Trost. [I, 37 f.]

Der Nebel schaut aus, als würden darin die ungeborenen Seelen herumfliegen. [I, 126]

Ich möchte gern einen Film schreiben, aber da reden soviel mit und die Leut verstehen meinen Stil nicht. Worüber ich lache, da werden sie ernst, was ich für blöd find, finden sie geistvoll, was ich tragisch, finden sie sinnlos. Ich weiß nicht, woher das kommt, wahrscheinlich von mir. Also, ich schreib nichts für den Film. Auch für das Theater kaum mehr. [I, 87]

Für das Schicksal anderer ist wenig Interesse vorhanden, nur für die Situationen anderer, in die sie geraten können. [I, 87]

Ich stell mir vor, daß das Verheiratetsein auch schon sehr schwer ist, aber das Alleinsein ist halt oft noch viel schwerer. [I, 143]

Lieder und Verse

Ich lebe, ich weiß nicht wie lang,
Ich sterbe, ich weiß nicht wann,
Ich fahre, ich weiß nicht wohin,
Mich wundert, daß ich so fröhlich bin –   [6, 68]

»Die Einsamkeit ist wie Regen,
sie steigt vom Meer den Abenden entgegen,
von Ebenen, die fern sind und entlegen,
geht sie zum Himmel, der sie immer hat,
und erst vom Himmel fällt sie auf die Stadt.
Regnet hernieder in den Zwitterstunden,
wenn sich nach Morgen wenden alle Gassen
und wenn die Leiber, welche nichts gefunden,
enttäuscht und traurig voneinander lassen
und wenn die Menschen, die einander hassen,
in einem Bett zusammen schlafen müssen:
Dann geht die Einsamkeit mit den Flüssen –«

                         [12, 249]

Rasch kommt der Winter, weiß und kalt
Ein schönes Weib, das wird nun alt
Sie sitzt im Rollstuhl und kann sich nicht rühren
Mit falsche Zähn und nervösen Allüren
Mit Zucker, Gicht und Podagra
Und was weiß ich, was sonst noch da!
Noch nährt man sie künstlich, von vorn und von hint
Und dann ist es aus, »überraschend« geschwind –

                       [7, 153]

Litanei der frommen spanisch Feuer Leut

Jene Seuche, die Ende 1500 aus der neuen Welt nach Europa schlich, nannte das Volk »spanisch Feuer« – weil sie als Erster ein spanischer Matrose in die Frauenhäuser pflanzte.

Herr, hie fleht vermaledeites Kraut
Mit Fraß und Krebs gar wohl vertraut
Der Eiter knospet aus der Haut
Von Geschwür und Geschwulst überblaut –
Herr, hie flehen Verbannte heut.
Herr, hörst Du uns spanisch Feuer Leut?

Nie schien uns der Tag zu grell
Wir soffen immer im Bordell
Und griffen den Weibern ins Gestell
Doch die Sonnen schwanden gar schnell –
Und Niemand, der uns betreut.
Herr, hörst Du uns spanisch Feuer Leut?

Herr, was wir auch immer begannen –
Siehe, wir sind ja nur mehr Schrammen
Die immererblühend sich selber verdammen.
Herr, erlöse uns Menscher und Mannen
Jeder von uns bereut.
Herr! Höre uns spanisch Feuer Leut!

[11, 15]

DIE SKLAVEN *singen:*

Bet und ruder! ruft die Welt
Bete kurz, denn Zeit ist Geld!
An die Kette pocht der Tod
Bete kurz, denn Zeit ist Brot!

Und Du ackerst und Du säst
Und Du nietest und Du nähst
Und Du hämmerst und Du spinnst
Sag, oh Sklav, was Du gewinnst!

Wirkst am Webstuhl Tag und Nacht
Schürfst im Erz- und Kohlenschacht
Füllst des Überflusses Horn
Füllst es hoch mit Wein und Korn.

Alles ist Dein Werk! Oh sprich
Alles, aber nichts für Dich!
Und von allem nur allein
Die Du schmiedst, die Kette, Dein – –

Was Ihr hebt ans Sonnenlicht
Schätze sind es für den Wicht
Was Ihr kleidet und beschuht
Tritt auf Euch voll Übermut.

Bet und ruder! ruft die Welt
Bete kurz, denn Zeit ist Geld!
An die Kette pocht der Tod
Bete kurz, denn Zeit ist Brot – – – –

[10, 203 f.]

CHORGESANG DER VERDAMMTEN

O in der Höll drunt ist es heiß
Rinnen müßt da unser Schweiß
Wenn er nur grad rinnen tät
Von morgens früh bis abends spät!
Aber das ist ja grad unsere Qual
Daß wir nicht dürfen nach freier Wahl
Schweißeln, dünsteln, transpirieren
Obwohl es uns tut irritieren!

O Teufel, du harter, du böser du
Laß endlich uns schwitzen für immerzu!

[7, 428]

Dienstbotenlied

Ich bin nur ein armer Dienstbot
Und schufte den ganzen Tag.
Doch dunkelts, dann steh ich am Fenster
Nachdem ich gegessen hab.

Und denk über Giebel und Dächer –
Bin doch noch hübsch und jung
Da ruft mich auch schon die Herrin
Die boshaft ist und dumm.

Mein Herr das ist ein Hauptmann
Mit Schmissen und Seitengewehr
Und geht er über die Straße
So grüßt ihn das Militär.

So grüßt ihn mein Geliebter –
Vielleicht zur selbigen Stund
In der ich Schelte kriege
Und bin doch ein fleißiger Hund!

Und abends in das Bette
Sink ich wie ein Sack.
Doch träum ich um die Wette
Mit Herr und Herrin und Pack!

[II, 16]

SIMON A Tanz ohne Dirn, is wie a Stier, der net springt!

REITER Zum Landler ghört a Mensch, wie a Köchin zum
Kaplan!

MAURER *singt:*

Guten Morgen, Herr Pfarrer
Wo is der Kaplan?
Er liegt auf der Köchin
Und kraht wie a Hahn!
Schallendes Gelächter.

XAVER Kreizkruzefix! War scho höchste Zeit, daß an was
Weiblichs zulauft! Alls kannst unmögli nausschwitzn!

SIMON *singt:*

Und Keiner ist so eigen
Und Keiner so verschmitzt
Als wie der, der ins Bett macht
Und sagt, er hätt geschwitzt –

[I, 99]

Als der Adam aus dem Paradies
mit der Eva damals mußte scheiden
und ihm Gott der Plagen viel verhieß,
war der Adam wenig zu beneiden.
Lieber Gott, so tät er sagen,
ich will alles gern ertragen,
bloß nicht den Durscht!

Gott erbarmt sich seiner Not
und gab ihm aus Gnade zwei Geschenke:
er erfand für ihn den Tod
und die alkoholischen Getränke.
Und der Mensch zu seiner Labe
macht Gebrauch von dieser Gabe, –
er hat halt Durscht!   [7, 409]

MRSCHITZKA
Da trinkt sich einer jeden Tag
Ganz voll bis obenrauf
Mit Rum, Likör und Bier und Schnaps – –
Auf einmal hat er einen Klaps
Sieht weiße Mäus und Ratten
Dischkuriert mit seinen Schatten
Debattiert mit der Luft
Telephoniert mit seiner Gruft
Hört unter argem Beben
Böse Zungen über sich reden.
Mit einer Axt zum Zeitvertreib
Erschlägt er dann sein braves Weib
Kommt aber nun in den Krankenwagen

Gefesselt, geschlagen, gepufft und getragen – –
Der Wagen fährt ihn in ein Haus
Da schaun viel Narren beim Fenster heraus
Mit dicke Köpf und wenig Haar
Und einem Leben sonderbar –
Dort bleibt er dann für immerzu
Verblödet gibt er endlich Ruh.
Auch dieser Fall beweist uns nur:
ALLE
Ohne Grenzen keine Kultur!   [7, 154]

Ob auch ich mal ein Engerl werd,
wenn ich verlasse diese Erd?
Möglich.
Ob man auch dann den neuen Gast
nicht ohne Paß in' Himmel laßt?
Möglich!
Steh ich hier auf dieser Bruck
und kann nicht hin und kann nicht z'ruck,
so will ich Trost darin finden:
ich büß hier schon alle Sünden.

Haben Sie schon einmal eine Pechserie g'habt
so wie ich?
Sicher haben S' noch nie eine Pechserie g'habt,
so wie ich!
Denn wann Sie schon einmal so im Pech g'sessen waren
wie ich,
so warn S' sicher schon längst aus der Haut gefahren, –
ich noch nicht!

Ob so ein reizends junges Weib
auch in der Eh ein Engel bleibt?
Möglich.
Ob der am End nicht besser fahrt,
der sich die Illusion bewahrt?
Möglich.

Wenn man so oft, wie's mir passiert,
schon in der Wahl sich hat geirrt,
merkt man leider bald ihre Mängel
und wird skeptisch gegen Engel.

Haben Sie schon einmal eine Pechserie g'habt
so wie ich?
Sicher haben S' noch nie eine Pechserie g'habt,
so wie ich!
Denn wann Sie schon einmal so im Pech g'sessen waren
wie ich,
so warn S' sicher schon längst aus der Haut gefahren, –
ich noch nicht!   [7, 405 f.]

Die Flitterwochen

Mein Liebchen das heißt Lizulein
Und ich bin groß und sie ist klein.
Halt ich abends ihre Hand
Singt sie vom Morgenland.
Und erbebt sie unter meinem Kuß
Dann sagt sie nie: »ich muß
jetzt fort – oh, lasse mich!«

Sondern nur: »Ich liebe Dich!«
Oh, Götter! wie bin ich doch zufrieden
Oben, mitten und hiernieden!
So steht dies in der »Lilie« –
Zeitschrift für Haus und Familie.

[11, 17]

Ein tiefes Wort tut manchmal gut,
wenn dich verlassen möcht dein Mut.
Es hilft dir zwar nur indirekt,
wenn du so sitzt wie ich im Dreck, –
dann hat halt alles keinen Sinn,
her und hin.
Vor allen Dingen brauchen wir
ein Stück gestempeltes Papier,
und weh dem armen Untertan,
der kein Papier vorweisen kann!
Er ist verdammt und muß nun ziehn
her und hin.

Bist du noch so auf der Hut,
ohne Stempel wird nichts gut,
ohne Stempel gibts kein Leben,
ohne Stempel gehts daneben,
ohne Stempel kannst riskieren,
bis zum jüngsten Tag zu spazieren
als ein Pendel ohne Sinn
her und hin!

Jetzt geh ich da so hin und her
und her und hin und hin und her

und wieder her und wieder hin,
immer hin und her, immer her und hin, –
mich wunderts nur, daß ich noch bin,
bei all dem Her und Hin!   [7, 407 f.]

Lieder zum Schlagzeug

I.

Bambum!!
Stepptepptepptepp
Ein Tepp durchsteppt die Welt.
Ohne Hirn. Ohne Geld.
Stepptepptepptepp
Stepptepptepptepp
Sieh – ohne Melodie
Zappelen die Knie!
Kikiriki!!
Bambum!!!
Pst!
– – – –

eine Seele steppt ins All
sie sucht ein Ideall
Pst –
:– stepptepptepp – stepptep – tep – –

Noch stand auf meiner Stirne nie sexueller Schweiß
Mir Blüte von Arkansas mir wurd noch niemals heiß.
Ja sexueller Schweiß –
sexsexsexsexsex
uelluelluelluell
Well!
Noch hat mich nie betastet weder Mann noch Weib
Noch leb ich unbelastet in reiner Kitschigkeit.
Noch heit.   [11, 18 f.]

A-erotisches Barmädchen

Rings von den Stirnen tröpfelt vornehmlich sexueller
                                                Schweiß
Denn es ist nicht nur heiß
Sondern – Gott weiß!
Man trinkt Whisky, Kognak und Sekt
Allmählich wird alles bedreckt
Ria rülpst, Schulze kotzt
Draußen wird Lu vom Kellner gefotzt
Während Anette, das arme Vieh
Beißt ihrem Kavalier ins Knie.
Dies ist zwar nicht fein
Doch manchmal muß man schon unkeusch sein
Oder zumindest so tun
Als wär man ein läufiges Huhn
Als wär man von jedem Krüppel betört
Als hätt man noch nie was von Lues gehört – – –

Kusch! Ich werde nicht sentimental.
Nur radikal! Nur radikal! [11, 20]

116. Szene

KASIMIR Träume sind Schäume.
ERNA Solange wir uns nicht aufhängen, werden wir nicht
verhungern.
Stille.
KASIMIR Du Erna – –
ERNA Was?
KASIMIR Nichts.
Stille.

117. Szene

ERNA *singt leise – – und auch Kasimir singt allmählich
mit:*
Und blühen einmal die Rosen
Wird das Herz nicht mehr trüb
Denn die Rosenzeit ist ja
Die Zeit für die Lieb
Jedes Jahr kommt der Frühling
Ist der Winter vorbei
Nur der Mensch hat alleinig
Einen einzigen Mai. [5, 137]

Sonstiges

Gesundsein ist Trumpf. Bazillen verpflichten! Du solltest
Leichtathletik treiben. [1, 220]

Sie schrieb: »Mein lieber Otto, danke Dir für Deine Postkarte. Es freut mich und Vater sehr, daß Du Dich wohl
fühlst. Nur so weiter, paß nur auf Deine Strümpfe auf,
damit sie nicht wieder verwechselt werden! Also in zwei
Tagen werdet Ihr schon schießen? Mein Gott, wie die
Zeiten vergehen! Vater läßt Dir sagen, Du sollst bei Deinem ersten Schusse an ihn denken, denn er war der beste
Schütze seiner Kompanie. Denk Dir nur, Mandi ist gestern
gestorben. Vorgestern hüpfte er noch so froh und munter
in seinem Käfiglein herum und tirilierte uns zur Freud.
Und heut war er hin. Ich weiß nicht, es grassiert eine Ka-
narikrankheit. Die Beinchen hat der Ärmste von sich ge-
streckt, ich hab ihn im Herdfeuer verbrannt. Gestern hatten wir einen herrlichen Rehrücken mit Preiselbeeren.
Wir dachten an Dich. Hast Du auch gut zum Futtern? Vater läßt Dich herzlichst grüßen, Du sollst ihm nur immer
weiter Bericht erstatten, ob der Lehrer nicht wieder solche Äußerungen fallen läßt wie über die Neger. Laß nur
nicht locker! Vater bricht ihm das Genick! Es grüßt und
küßt Dich, mein lieber Otto, Deine liebe Mutti.« [13, 63]

Vorsicht soll nämlich die Mutter der Weisheit sein. Jener
Weisheit, die schweigt. [1, 165]

FERDINAND Ich hatte zwo Schwestern. Die jüngere starb nach elf Minuten und die ältere war Nutte.

SCHMINKE Was soll ich mit Ihrer elfminutenalten Schwester?

FERDINAND Ich wollte damit nur sagen, daß nicht alle meine beiden Schwestern Nutten waren. Und was meine verstorbene ältere Schwester, die Nutte, betrifft, die Sie vergessen haben –: ich wollte Sie nur erinnern, daß Sie dieser verstorbenen Nutte noch etwa dreiundfünfzig Mark schulden und da sie mich als alleinigen Erben eingesetzt –

SCHMINKE Herr! Ich habe noch nie mit Nutten verkehrt! (...)

SCHMINKE *ab.*

LUISE GIFT Wer war denn das?

FERDINAND Ein schlechter Mensch.

LUISE GIFT Warum?

FERDINAND Weil er nicht bezahlen will, was er einer toten Nutte schuldet.

LUISE GIFT Lassen Sie bitte die Toten ruhen.

FERDINAND Es gibt keine Toten, sofern es sich um dreiundfünfzig Mark dreht. Wir Menschen haben eine unsterbliche Seele.

LUISE GIFT *betrachtet sich im Spiegel mit dem Lippenstift:* Ich auch. Ich auch. *Sie schminkt und pudert sich und summt dazu den Totenmarsch von Chopin;*

[1, 214 f.]

FRAU STEINTHALER *kommt und sieht recht abgehärmt aus:* Guten Morgen Herr Sankt Petrus!

ST. PETRUS Habe die Ehre! Mit wem habe ich denn das Vergnügen?

FRAU STEINTHALER Ich bin, das heißt: ich war die Frau Leopoldine Steinthaler, geborene Gruber, Gerichtsvollzieherswitwe.

ST. PETRUS Der Herr Gemahl ist also auch schon tot?

FRAU STEINTHALER Ja, aber der sitzt in der Höll.

ST. PETRUS Auweh!

FRAU STEINTHALER Er hat sich nie um seine Familie gekümmert, alles Geld hat er ins Wirtshaus getragen – –

ST. PETRUS *unterbricht sie zart:* Jaja, da kann man nix machen. Habens ein angenehmes Sterben gehabt?

FRAU STEINTHALER Dank der Nachfrag. Ich war sehr müd.

ST. PETRUS Liebe Frau, jetzt könnens Ihnen ja ausruhn – –

FRAU STEINTHALER Ist es hier immer so hell?

ST. PETRUS Immer, immer.

Sphärenmusik.

FRAU STEINTHALER *lauscht und lächelt dann traurig:* Ich möcht ja so gern froh sein, aber wissens, Herr Sankt Petrus, ich hab ein Kind drunten zurückgelassen, eine einzige Tochter – – ist erst achtzehn Jahr alt und möcht zum Theater. Sie hat einen schönen Sopran, die Luise, aber sie kommt halt nicht vor. Jetzt wartets schon sieben Wochen vor dem Bühnentürl, damit sie dem Herrn Intendanten was vorsingt, aber der laßt sich immer verleugnen. Sie hat halt keine Protektion – –

ST. PETRUS Kommens, Frau Steinthaler! Bedenkens, wie kurz ist das Leben und Sie sind im Himmel! Kommens!

FRAU STEINTHALER *folgt ihm durch das Himmelstor.*

[7, 160 f.]

In der Nacht sind alle Katzen grau.   [5, 89]

LUISE *dumpf, jedoch entschlossen:* Ich wart auf den Intendanten.

PORTIER Noch immer? Da können's jetzt aber lang warten! Sehen's die schwarze Fahne? Der Herr Intendant ist nämlich tot!

LUISE *schnellt empor:* Tot?! Seit wann denn?

PORTIER *hißt während des folgenden umständlich seine Fahne über dem Bühnentürl:* Grad vor einer halben Stund hat ihn ein Herzkrampf befallen, wie er sich grad hat rasieren wollen – –
Pause.

LUISE Na sowas. Jetzt wart ich schon dreizehn Wochen auf eine mir günstige Gelegenheit und derweil wart ich auf einen, den's gar nimmer gibt. Beispiellos.

PORTIER *hat nun die Fahne gehißt:* Das ist gar nicht beispiellos, daß einen der Teufel holt!

LUISE Aber so aus heiterstem Himmel? *Sie setzt sich wieder.*

PORTIER Nicht setzen! So gehen's doch heim! Auf was warten's denn noch?

LUISE Auf den neuen Intendanten.

PORTIER *starrt sie perplex an, zuckt dann die Achseln:* Mir scheint, Sie sind besessen – *Er will ab durch das Bühnentürl.*

LUISE *plötzlich; fast schrill:* Herr Portier! Wann wird er denn begraben, der tote Intendant?

PORTIER Übermorgen.

LUISE Pompös? Ich meine, ob er pompös begraben wird oder nur so in aller Stille?

PORTIER Erstens wird er nicht begraben, sondern verbrannt. Zweitens wird er logischerweise pompös begraben, wollt sagen, verbrannt!

LUISE Halt! Glaubens, daß ich bei dieser Einäscherung etwas finden könnt – – ich meine etwas gesangliches, so etwa im Trauerchor?

PORTIER Im Chor?

LUISE *kleinlaut:* Ja.

PORTIER Aha, Sie gebens schon billiger! *Ab durch das Bühnentürl.*

LUISE Aber nur vorübergehend!   [7, 168 f.]

Die Leute zogen vor das Gebäude der Österreichisch-Ungarischen Gesandtschaft, sangen Gotterhalte und das Deutschlandlied. Es war ein riesiger Rausch. Der Vater sagte: Serbien muß sterbien, viel Feind viel Ehr, in drei Wochen wird er aus Paris schreiben, aber in vier Wochen war er tot. Charlotte fühlte sich stolz, einen Vater am Felde der Ehre verloren zu haben. Die anderen Mädels blickten voll Neid auf sie. Die Lehrerin in der Schule hat sie belobt und nicht beschimpft, weil sie ihre Schulaufgabe nicht richtig wußte. Sie durfte sogar früher nach Hause gehen. Sie hatte das Gefühl, alle Leute weichen ihr aus, man sieht es ihr direkt an, daß sie einen Vater dem Vaterlande gegeben hat, und das stand ihr gut.   [I, 28]

Ein Herz ist kein Witz!   [9, 67]

Es gibt keinen ganz reinen Gedanken, immer ist auch irgendwo versteckt ein paar Prozent Gefühl und umgekehrt!

[11, 175]

Der Mond scheint auf einen Schneemann im Dorf. Zwei Dorfmädchen kommen.

ERSTE Schau den Schneemann!

ZWEITE Den hat mein Bruder gebaut. Komm, wir schlagen ihm den Arm ab, dann wird er sich ärgern – – *Sie nimmt einen Prügel und schlägt dem Schneemann den rechten Arm ab.*

ERSTE Ich schlag auf den Kopf! *Sie tut es.*

DON JUAN *kommt.*

DIE ZWEI *erschrecken ein bißchen.*

DON JUAN Wo ist denn hier der Bahnhof?

ERSTE Dort.

ZWEITE Wollens noch fort?

DON JUAN Ja.

ZWEITE Heut geht kein Zug mehr, der letzte ist schon weg.

DON JUAN So? *Er sieht sich um.* Wo kann man denn hier übernachten?

ERSTE Im Wirtshaus.

DON JUAN Und außer dem Wirtshaus?

ERSTE *zuckt die Schultern:* Nirgends.

DON JUAN Hm. *Er überlegt. Stille.*

DIE ZWEI *tuscheln miteinander.*

ZWEITE *frech:* Warum wollens denn nicht im Wirtshaus übernachten? Habens was angestellt?

DON JUAN *zuckt etwas zusammen:* Ich? *Er faßt sich ans Herz.* Wieso?

118

ZWEITE Weil wir das kennen. Unser Vater hat auch mal was angestellt und ist dann in kein Wirtshaus hinein, weil er Angst gehabt hat vor dem Meldezettel – – *Sie grinst.*

ERSTE *sachlich:* Er ist im Wald erfroren.

DON JUAN *starrt die Zwei an.*

ZWEITE Es ist lang her. Schon anderthalb Jahr – – *Sie haut dem Schneemann auf den Kopf.*

ERSTE *haut ihm den linken Arm ab.*

DON JUAN Was hat euch der Schneemann getan?

ERSTE Nichts. Aber der, der ihn gebaut hat – –

ZWEITE Morgen ist er eh hin.

ERSTE Es wird wärmer – – *Sie haut auf den Schneemann los.* [9, 65 f.]

Die Schönheit ist ein Geschmacksproblem. [10, 91]

Sein Äußeres wirkte beruhigend wie ein vornehmes Treppenhaus. [11, 96]

Da standen sie nun am Rande einer Lichtung und starrten auf einen Baum, dessen Krone sich mächtiger wölbte, wie die Kuppel Sankt Peters zu Rom, und von dessen dunklem Holze der Nachtschein eine weiße kopfabwärts gehenkte Gestalt fast durchsichtig abhob.

Es war dies die Leiche eines nackten, gefesselten Jünglings, der, nachdem ihm des kleinen Gottes Werkzeug an der Wurzel abgebissen worden war, an den Knöcheln erhenkt verbluten mußte. [11, 119 f.]

Sie sah, wie er sich aufs Sofa setzte und in der Nase bohrte, das Herausgeholte aufmerksam betrachtete und es dann
gelangweilt an die Tischkante schmierte. Dann starrte er
Koblers Bett an und lächelte zynisch. Hierauf kramte er
in Koblers Schubladen, durchflog dessen Korrespondenz
und ärgerte sich, daß er nirgends Zigaretten fand, worauf
er sich aus Koblers Schrank ein Taschentuch nahm und
sich vor dem Spiegel seine Mitesser ausdrückte. Er war
eben, wie bereits gesagt, leider hemmungslos.

[12, 141]

Auch Rimbaud hat sich ja von der Dichtkunst abgewandt,
um ein gedichtetes Leben zu führen.   [12, 180]

Am Abende jenes Tages, dessen Vormittag die Firmung
zahlreicher weißgekleideter Jungfrauen durch überaus
blauen Himmel nur noch erhebender überwölbte, nahte
sich der einen aus jener unschuldigen Schar, namens Se-
raphine Hinterteil, zum erstenmal Satan – – – in Gestalt
eines geilen Greises, der auf eine Krücke gestützt hinter
ihr herhüstelte und lüstern also lispelte:
    »Ach, hast du einen süßen Familiennamen – – –«

[11, 99]

»Ja, die Kunst hört allmählich auf«, murmelte Schmitz,
ließ einen Donnernden fahren und wurde wieder sentimental. Er war eben ein Stimmungsmensch.   [12, 184]

Kobler träumte bereits knapp hinter Milano von seinem
armen Bruder Alois, der im Weltkrieg von einer feindlichen
Granate zerrissen worden war. Nun trat dieser Alois als

toter Soldat in einem weltstädtischen Kabarett auf und demonstrierte einem exklusiven Publikum, wie ihn seinerzeit die Granate zerrissen hatte. Dann legte er sich selber wieder artig zusammen, und das tat er voll Anmut. Und das Publikum sang den Refrain mit:

»Die Glieder
Finden sich wieder!«   [12, 193]

Gib nur sehr auf dich acht, daß du dich nicht erkältest im Krieg!   [12, 291]

Lieblich waren die Gedanken, die mein Herz durchzogen. Sie kamen aus dem Kopf, kostümierten sich mit Gefühl, tanzten und berührten sich kaum.

Ein vornehmer Ball. Exklusive Kreise. Gesellschaft!

Im Mondlicht drehten sich die Paare.

Die Feigheit mit der Tugend, die Lüge mit der Gerechtigkeit, die Erbärmlichkeit mit der Kraft, die Tücke mit dem Mut.

Nur die Vernunft tanzte nicht mit.

Sie hatte sich besoffen, hatte nun einen Moralischen und schluchzte in einer Tour: »Ich bin blöd, ich bin blöd!« –

Sie spie alles voll.

Aber man tanzte darüber hinweg.

Ich lausche der Ballmusik.

Sie spielt einen Gassenhauer, betitelt: »Der einzelne im Dreck.«   [13, 57 f.]

Der Hauptmann war mit Leib und Seele Soldat. Er kümmerte sich sein Leben lang [um] nichts, als soldatische Bücher. Er hatte die Kadettenschule besucht.

Ansonsten war er unverheiratet. Er sprach wenig und war beliebt wegen seiner Gerechtigkeit.

Im letzten Krieg tötete er vierzehn Feinde in einer Schlacht, konnte aber keiner Fliege etwas zu leide tun.

Die Exekution war ihm peinlich. Er liebte derartige Schaustellungen nicht. Er war natürlich absolut für die Staatsautorität.

Hätte er Christus, den Nazarener, nicht hingerichtet, sondern wäre bereits Christentum gewesen, wäre er sicher ein Heiliger geworden.

[I, 17]

Der angestammte König, Otto von Wittelsbach, war verrückt und infolgedessen regierte der Prinzregent Luitpold, den die Welt von den Briefmarken her kennt. Er unterstützte die Künstler, ging auf die Ateliers, ging auf die Gemsjagd und Wilhelm der Zweite war ihm höchst unsympathisch. Er war schon ein alter Herr, rauchte schwere Zigarren und war allseits beliebt, denn er störte nirgends, wo er hinkam. Er sah dekorativ aus, und der Bayer liebt das Kunstgewerbe.

[I, 24]

Der Kaiser der Tiefsee

KAISER Wir haben Euch hier alle versammelt, denn es dreht sich um sehr ernste Dinge. Die Menschen sind sehr frech geworden. Wenn das so weitergeht, werden sie uns noch alle unterjochen – ich höre von Wasserkraftwerken, unsere gebeugte Königin der Süßwasser kämpft bereits um ihr Leben. Die Menschen können ohne das Wasser nicht leben, aber sie wollen uns ganz und gar beherrschen.

PAZIFIK Auf mir haben sie Kriegsschiffe noch und noch.

ROTES MEER Und mich –

KAISER Haben Dich die Juden wieder geteilt?

ROTES MEER Nein. Aber sie haben mich gewaltsam mit dem Mittelländischen Meer verbunden.

KAISER Krass, krass!

NORDSEE Ich habe 40 Fischerflottillen heruntergezogen –

ATLANTIK 40 ist zuviel! Das ist ungerecht!

NORDSEE Ich bin eine Naturgewalt, Kaiser!!

ATLANTIK Eben höre ich die Kunde von der neuesten frechen Provokation! Segelschiffe und alles laß ich mir noch gefallen – aber jetzt will mich einer in der Badewanne überqueren! Aus purem Übermut!

KAISER Badewanne! Das geht zu weit! Der Kerl muß herunter! Koste es, was es wolle! Wir müssen wieder mal ein Exempel statuieren!

[II, 140]

Horváth über sich / Äußerungen

Autobiographische Notiz (auf Bestellung)

Geboren bin ich am 9. Dezember 1901, und zwar in Fiume an der Adria, nachmittags um dreiviertelfünf (nach einer anderen Überlieferung um halbfünf). Als ich zweiunddreißig Pfund wog, verließ ich Fiume, trieb mich teils in Venedig und teils auf dem Balkan herum und erlebte allerhand, u. a. die Ermordung S. M. des Königs Alexanders von Serbien samt seiner Ehehälfte. Als ich 1,20 Meter hoch wurde, zog ich nach Budapest und lebte dort bis 1,21 Meter. War dortselbst ein eifriger Besucher zahlreicher Kinderspielplätze und fiel durch mein verträumtes und boshaftes Wesen unliebenswert auf. Bei einer ungefähren Höhe von 1,52 erwachte in mir der Eros, aber vorerst ohne mir irgendwelche besonderen Schererein zu bereiten – – (meine Liebe zur Politik war damals bereits ziemlich vorhanden). Mein Interesse für Kunst, insbesondere für die schöne Literatur, regte sich relativ spät (bei einer Höhe von rund 1,70), aber erst ab 1,79 war es ein Drang, zwar kein unwiderstehlicher, jedoch immerhin. Als der Weltkrieg ausbrach, war ich bereits 1,67 und als er dann aufhörte bereits 1,80 (ich schoß im Krieg sehr rasch empor). Mit 1,69 hatte ich mein erstes ausgesprochen sexuelles Erlebnis – – und heute, wo ich längst aufgehört habe zu wachsen (1,84), denke ich mit einer sanften Wehmut an jene ahnungsschwangeren Tage zurück.

Heut geh ich ja nurmehr in die Breite – – aber hierüber

kann ich Ihnen noch nichts mitteilen, denn ich bin mir
halt noch zu nah.   [11, 182]

Während meiner Schulzeit wechselte ich viermal die Un-
terrichtssprache und besuchte fast jede Klasse in einer anderen Stadt. Das Ergebnis war, daß ich keine Sprache
ganz beherrschte. Als ich das erste Mal nach Deutschland
kam, konnte ich keine Zeitung lesen, da ich keine goti-
schen Buchstaben kannte, obwohl meine Muttersprache
die deutsche ist. Erst mit vierzehn Jahren schrieb ich den
ersten deutschen Satz.

Wir, die wir zur großen Zeit in den Flegeljahren standen, waren wenig beliebt. Aus der Tatsache, daß unsere
Väter im Felde fielen oder sich drückten, daß sie zu Krüp-
peln zerfetzt wurden oder wucherten, folgerte die öffent-
liche Meinung, wir Kriegslümmel würden Verbrecher werden. Wir hätten uns alle aufhängen dürfen, hätten wir
nicht darauf gepfiffen, daß unsere Pubertät in den Weltkrieg fiel. Wir waren verroht, fühlten weder Mitleid noch
Ehrfurcht. Wir hatten weder Sinn für Museen noch die
Unsterblichkeit der Seele – und als die Erwachsenen zu-
sammenbrachen, blieben wir unversehrt. In uns ist nichts
zusammengebrochen, denn wir hatten nichts. Wir hatten
bislang nur zur Kenntnis genommen.   [11, 183]

Ich weine dem alten Österreich-Ungarn keine Träne
nach. Was morsch ist, soll zusammenbrechen, und wäre
ich morsch, würde ich selbst zusammenbrechen, und ich
glaube, ich würde mir keine Träne nachweinen.   [11, 185]

Es hat sich allmählich herumgesprochen, daß das Materielle unentbehrlich ist. Und das bietet dem jungen Schriftsteller nur Berlin, von allen deutschen Städten. Berlin, das die Jugend liebt, und auch etwas für die Jugend tut, im Gegensatz zu den meisten anderen Städten, die nur platonische Liebe kennen. Ich liebe Berlin. [11, 188]

Man spricht heutzutage viel über den Untergang des Theaters – – und natürlich geht es den Theatern wirtschaftlich miserabel. Aber wem geht es heutzutage nicht wirtschaftlich miserabel? Es ist schon möglich, daß alle Theater zugrunde gehen – – aber dann werden eben Vereine und Liebhaberbühnen weiterspielen. Das Theater als Kunstform kann nicht untergehen – – aus dem einfachen Grunde, weil die Menschen (sofern sie es sich nur einigermaßen materiell leisten können) das Theater brauchen. (Theater oder Kino ist jetzt für mich das gleiche – – ich sage nun kurz nur: Theater.) Das Theater ist nämlich diejenige Kunstform, die am stärksten für das Publikum phantasiert. Phantasie ist ein Ventil für asoziale Regungen – – das Theater nimmt dem Zuschauer das Phantasieren-müssen ab, es phantasiert für ihn – – und gleichzeitig erlebt auch der Zuschauer die Produkte dieser Phantasie. Er lebt mit, das heißt vor allem: er begeht alle Schandtaten, die auf der Bühne vor sich gehen – und verläßt dann das Theater als ein kleinerer Mörder, Räuber, Ehebrecher – – – – Man nennt diesen Zustand Erhebung.
[11, 212 f.]

Denn lezten Endes ist ja die Synthese aus Ernst und Ironie die Demaskierung des Bewußtseins. (...)

– – Ich bin kein Satiriker, meine Herrschaften, ich habe kein anderes Ziel, als wie dies: Demaskierung des Bewußtseins.

Keine Demaskierung eines Menschen, einer Stadt – – das wäre ja furchtbar billig! Keine Demaskierung auch des Süddeutschen natürlich – – ich schreibe ja auch nur deshalb süddeutsch, weil ich anders nicht schreiben kann.

[11, 216]

Mit meiner Demaskierung des Bewußtseins, erreiche ich natürlich eine Störung der Mordgefühle – – daher kommt es auch, daß Leute meine Stücke oft ekelhaft und abstoßend finden, weil sie eben die Schandtaten nicht so miterleben können. Sie werden auf die Schandtaten gestoßen – – sie fallen ihnen auf und erleben sie nicht mit. Es gibt für mich ein Gesetz und das ist die Wahrheit.   [11, 218]

Nun besteht Deutschland, wie alle übrigen europäischen Staaten, zu neunzig Prozent aus vollendeten oder verhinderten Kleinbürgern, auf alle Fälle aus Kleinbürgern. Will ich also das Volk schildern, darf ich natürlich nicht nur die zehn Prozent schildern, sondern, als treuer Chronist meiner Zeit, die große Masse. Das ganze Deutschland muß es sein!   [11, 219]

Und nun kommen wir bereits zu dem Kapitel Regie.

Ich will nun versuchen hauptsächlich möglichst nur praktische Anweisungen zu geben: (diese gelten für alle meine Stücke, außer der »Bergbahn«). Bei Ablehnung auch nur eines dieser Punkte durch die Regie, ziehe ich das Stück zurück, denn dann ist es verfälscht.

Zu den Todsünden der Regie zählt folgendes:

1. Dialekt. Es darf kein Wort Dialekt gesprochen werden! Jedes Wort muß hochdeutsch gesprochen werden, allerdings so, wie jemand, der sonst nur Dialekt spricht und sich nun zwingt, hochdeutsch zu reden. Sehr wichtig!

Denn es gibt schon jedem Wort dadurch die Synthese zwischen Realismus und Ironie. Komik des Unterbewußten. Klassische Sprecher. Vergessen Sie nicht, daß die Stücke mit dem Dialog stehen und fallen!

2. In meinen sämtlichen Stücken ist keine einzige parodistische Stelle! Sie sehen ja auch oft im Leben jemand, der als seine eigene Parodie herumlauft – – so ja, anders nicht!

3. Satirisches entdecke ich in meinen Stücken auch recht wenig. Es darf auch niemand als Karikatur gespielt werden, außer einigen Statisten, die gewissermaßen als Bühnenbild zu betrachten sind. Das Bühnenbild auch möglichst bitte nicht karikaturistisch – – möglichst einfach bitte, vor einem Vorhang, mit einer wirklich primitiven Landschaft, aber schöne Farben bitte.

4. Selbstverständlich müssen die Stücke stilisiert gespielt werden, Naturalismus und Realismus bringen sie um – – denn dann werden es Milljöhbilder und keine Bilder, die den Kampf des Bewußtseins gegen das Unterbewußtsein zeigen – – das fällt unter den Tisch. Bitte achten Sie genau auf die Pausen im Dialog, die ich mit »Stille« bezeichne – – hier kämpft das Bewußtsein oder Unterbewußtsein miteinander, und das muß sichtbar werden.

5. In dem so stilisiert gesprochenen Dialog, gibt es Ausnahmen – – einige Sätze, nur ein Satz manchmal, der plötz-

lich ganz realistisch, ganz naturalistisch gebracht werden muß.

6. Alle meine Stücke sind Tragödien – – sie werden nur komisch, weil sie unheimlich sind. Das Unheimliche muß da sein.

7. Es muß jeder Dialog herausgehoben werden – ein stummes Spiel der anderen, ist streng untersagt. Sehen Sie sich die Volkssängertruppen an. Zum Beispiel im ersten Bild beim Zeppelin: keine Statisten – – einzelne Leute mit angeklebten Bärten, Dicke, Dünne, Kinder, Elli und Maria, usw. müssen zusehen – – ohne Bewegung, nur die Sprecher selbst, die nicht. Von dem Verschwinden des Zeppelins ab, haben alle die Bühne zu verlassen, nur Kasimir und Karoline nicht – – der Eismann kommt nur, wenn man ihn braucht, tritt er an den Kasten – – wenn Kasimir denLukas haut, kommen die Leute herein, sehen stumm zu, wie das auf dem Bolzen hinaufläuft, gehen wieder ab.

Stilisiert muß gespielt werden, damit die wesentliche Allgemeingültigkeit dieser Menschen betont wird – – man kann es gar nicht genug überbetonen, sonst merkt es keiner, die realistisch zu bringenden Stellen im Dialog und Monolog sind die, wo ganz plötzlich ein Mensch sichtbar wird – – wo er dasteht, ohne jede Lüge, aber das sind naturnotwendig nur ganz wenig Stellen. (...)

[11, 219ff]

Es ist der Vorteil der Zensur immer schon gewesen, daß der Zensurierte sich anstrengen muß, Bilder zu finden. Die Zensur fördert also die Bildbegabung, die visionäre Schau, mit anderen Worten: aus der Zensur entsteht das

Symbol. Ohne Zensur gibts kein Symbol. Und auch kein dichterisches Bild. Denn ein dichterisches Bild, das der Zensur gefällt, ist kein dichterisches Bild, sondern die Träumerei einer unbefriedigten Briefschreiberin. [11, 223]

Ich könnte auch sagen, das Symbol der Dummheit wär ein Idiot in einem Abendkleid. [11, 224]

Das Ziel jedes Staates ist die Verdummung des Volkes. Keine Regierung hat ein Interesse daran, daß das Volk gescheit wird. Also steht jede Regierung in Feindschaft gegen die Vernunft, nämlich gegen die Vernunft der Anderen. Die Regierung ist umso stärker, je fester sie darauf schaut, daß das Volk verdummt wird.

(...) Und das Volk will nur hören, daß es wichtig ist. – – – Der Sport ist eine internationale Reaktion auf die Röllchen.

Der Sport ist auch ein Fundament zur Entwicklung der Individualität. Aber es ist eine völlig ungeistige Individualität.

Die Arten des Sportes:
Zuschauer und Aktive
Die Liebe zur Mißgeburt
(Früher zum buckligen Geistigen)
(Jetzt zum geraden Idioten) [11, 225 f.]

Carl Zuckmayer

Kleistpreis (1931)

Horváth scheint mir unter den jüngeren Dramatikern die stärkste Begabung, darüber hinaus, der hellste Kopf und die prägnanteste Persönlichkeit zu sein. Seine Stücke sind ungleichwertig, manchmal sprunghaft und ohne Schwerpunkt. Aber niemals wird sein Ausdruck mittelmäßig, was er macht, hat Format, und sein Blick ist eigenwillig, ehrlich, rücksichtslos. Seine Gefahr ist das Anekdotische, seine Stärke die Dichtigkeit der Atmosphäre, die Sicherheit knappster Profilierung, die lyrische Eigenart des Dialogs. Es wäre ein Mißverständnis, ihn für einen Satiriker zu halten, obwohl einzelne seiner Figuren und Situationen satirisch gezeichnet, d. h. von einem kritischen Blickpunkt aus überzeichnet sind. Wesentlich sind aber bei ihm nicht diese Momente, sondern das Weltbild und seine künstlerische Umschmelzung. Es ist anzunehmen, daß er der dramatischen Kunst, die immer und ohne Einschränkung eine Menschenkunst und eine Sprachkunst bleibt, neue, lebensvolle Werte zuführen wird.

Der ganz Andere

Ich bin ja ganz anders, aber ich komme so selten dazu.
Ödön von Horváth

Ödön von Horváth wurde 1901 im damals österreichischen Fiume als Sohn eines Diplomaten geboren. Als er 36jährig starb, war er als Literat in Deutschland längst tot.

Die Nationalsozialisten hatten Dramen und Prosa des Emigranten auf den Index gesetzt.

Auch die Wiederbelebungsversuche nach dem Kriege waren zunächst erfolglos. Es nutzte beispielsweise nur wenig, daß der Wiener Kritiker Hans Weigel 1957 die »Herren Intendanten« mit der Forderung bedrängte: »Spielt Horváth, setzt ihn durch.« Ein paar Hörfunk-Inszenierungen, ein paar Dissertationen, mehr kam dabei nicht heraus. Erst seit das Fernsehen Horváth für Millionen zubereitete, erst seit Dramatiker wie Martin Sperr, Rainer Werner Fassbinder oder Franz Xaver Kroetz seine Volksstücke priesen und als »Humus« für die eigenen Dramen benutzten, setzte Ende der 60er Jahre seine Renaissance ein.

Zeitlebens hatte Horváth literarische Theorien und Dispute vermieden, hochtrabende Unterhaltungen soll er gern mit farbigen Berichten vom jeweils letzten Boxkampf oder Fußballspiel unterbrochen haben, und im Freundeskreis, zu dem Carl Zuckmayer, Franz Theodor Csokor und Franz Werfel zählten, war er ein geschätzter Erzähler pointenloser Anekdoten und Gespenstergeschichten, die er selbst erlebt haben wollte.

Mit Vorliebe jedoch hielt Horváth sich dort auf, wo er das Personal für seine Stücke antraf: im Wiener Prater und auf dem Münchner Oktoberfest, in Bordellen und Spelunken.

»Je vulgärer«, erinnert sich seine letzte Freundin Wera Liessem, »desto komischer für ihn.«

Hier beobachtete er nächtelang eine Kleinbürgerwelt, in der sich Arbeitslose, Schupos, Rentner und Soldaten, untergeordnete Beamte und verkorkste Akademiker, bigotte Witwen und unterprivilegierte »Fräuleins« ihrem »höchst privaten Triebleben« hingaben.

Seine Biertisch- und Volksfesterfahrungen stilisierte Horváth, der oft schon am Vormittag im Kaffeehaus arbeitete, zu bitterkomischen Stücken, in denen »die Niedertracht als Norm« gilt, wie es Franz Werfel einmal formulierte.

In den »Geschichten aus dem Wiener Wald« stellt die Großmutter ihren unehelichen Urenkel in die Zugluft, damit er erfriere. Im Hotel »Zur schönen Aussicht« hat keiner mehr die geringsten Aussichten, geschweige denn schöne. Um zu Geld zu kommen, versucht Elisabeth in »Glaube Liebe Hoffnung« vergeblich, ihren Körper an die Anatomie zu verkaufen.

Und in »Kasimir und Karoline« verläßt Karoline ihren Kasimir, um auf eine »höhere gesellschaftliche Stufe« zu kommen.

Liebesbeziehungen scheitern bei Horváth grundsätzlich an materiellen Berechnungen; denn »eine reine menschliche Beziehung wird erst dann echt«, weiß der Strizzi Alfred, »wenn man was voneinander hat«.

134

Gelegentlich betäuben sich Horváths Figuren selber, indem sie sich etwas vorgaukeln und danach zur Tagesordnung übergehen, als sei nichts geschehen. Hierin liegt das Frappante. Er gestattet seinen Figuren nicht, sich wirklich zu erholen, fast immer tobt im Hintergrund die allgegenwärtige gesellschaftliche Misere. Ein Happy-End gibt es nie. Horváth ist da erbarmungslos – und doch: er schafft es nicht, seine Figuren kaltherzig zu sezieren, trotz seines gnadenlosen Blicks. Sie bewahren stets ihre angeborene, menschliche Würde, indem er sie als Menschen aus Fleisch und Blut zeichnet, behaftet mit Schwächen, beladen mit Komplexen – grobschlächtig und zart, naiv und gerissen, geschwätzig und schwärmerisch.

Horváth vermag sie dabei so zu skizzieren, daß selbst bei den sadistischsten Figuren immer noch eine gewisse Restwärme durchdringt und man für einen kurzen Moment sogar Verständnis für das Schicksal des Brutalsten aufzubringen bereit ist.

Zuckmayer schreibt über ihn, Horváth sei »im Dichten und Leben ein tiefgläubiger Mensch« gewesen. Vielleicht wirken seine Stücke auch deshalb wie Untersuchungen über den Zufall, wie Versuche, herauszufinden, ob es ein Schicksalsmuster gibt – um nicht zu sagen: einen Gott. Anders formuliert: Es erhält sich dadurch die utopische Perspektive des »ganz Anderen«. Und auch wenn die Lage noch so mißlich ist, der Wunsch, sich im Anderen aufzulösen, bleibt. Denn so wie Horváth die Menschen sprechen läßt, meint man herauszuhören, daß sie etwas wissen, was ihnen nicht bewußt ist.

Bei einer Briefstelle von Freud an Arthur Schnitzler denkt man unwillkürlich an Horváth:

»Ihr Determinismus wie Ihre Skepsis – was die Leute Pessimismus heißen – Ihr Ergriffensein von den Wahrheiten des Unbewußten, von der Triebnatur des Menschen, Ihre Zersetzung der kulturell- konventionellen Sicherheiten, das Haften Ihrer Gedanken an der Polarität von Lieben und Sterben, das alles berührte mich mit einer unheimlichen Vertrautheit.«

Der Zeitgenosse Brechts hat nie Konzepte aufgestellt oder sich an Manifesten beteiligt, wie er auch nie Mitglied einer politischen Partei war. Lediglich sein Vorhaben, sein oft zitiertes »Demaskieren des Bewußtseins«, galt ihm als das dramatische Grundmotiv seiner Stücke.

Dafür dienen ihm eine schildernde, also epische Erzählweise, die Suche des Übergewöhnlichem im Gewöhnlichen und eine ausgeklügelte Sprachform, um »dem Kampf des Bewußtseins gegen das Unterbewußtsein« Ausdruck zu verleihen.

Die Stille ist dabei genauso wichtig wie das gesprochene Worte, sie ist Teil des Dialogs und unablässiges Versatzstück seiner Stückdramaturgie.

Für eine gelingende Umsetzung bedarf es allerdings Spieler und Regisseure, die um ihre eigenen Abgründe wissen. Hochleistungsperformer, die das Bewußtsein des Horváthschen Bühnenpersonals als Spießigkeit zu denunzieren beabsichtigen, sollten die Finger von ihm lassen. Andernfalls wird sicher nicht »ein Mensch sichtbar«, sondern die Macher selbst werden erkennbar: als ewige Spießer.

Am Abend des 1. Juni 1938 zieht ein heftiges Gewitter über Paris auf. Horváth, auf seiner Flucht aus dem »angeschlossenen« Österreich seit vier Tagen in Paris, ist auf dem Heimweg von einem Treffen mit dem Filmregisseur Robert Siodmak, der seinen Roman »Jugend ohne Gott« verfilmen will. Auf der Avenue Marigny wird eine alte Kastanie vom Blitz getroffen, ein Ast bricht ab und fällt Horvath auf den Hinterkopf. Der Schwerverletzte wird noch in eine nahe gelegene Klinik gebracht, wo er jedoch stirbt. In seiner Manteltasche findet man ein Kartenspiel mit Aktfotos und ein Gedicht, das mit den Zeilen endet: »Was echt ist, das soll kommen / Obwohl es heut krepiert.«

In einem Interview sagte Horváth einst, daß es ihm schon immer gleichgültig gewesen sei, was die Leute über ihn geredet hätten. Diese Eigenschaft sei seiner Meinung nach eine gute Voraussetzung, den Beruf des Schriftstellers zu ergreifen. Mit seiner »Demaskierung des Bewußtseins«, und das bedeutet, mit der Demaskierung allgemeiner Bewußtlosigkeit, hat Horváth erreicht, wovon viele Schriftsteller träumen: anhaltende Aktualität.

Christoph Nußbaumeder

Quellenverzeichnis

Die hier versammelten Textauszüge wurden zitiert nach:

Gesammelte Werke. Kommentierte Werkausgabe in Einzelbänden. Herausgegeben von Traugott Krischke unter Mitarbeit von Susanna Foral-Krischke. Suhrkamp Verlag Frankfurt am Main 2001. © Suhrkamp Verlag Frankfurt am Main 1985

    Supplementband I zur Kommentierten Werkausgabe in Einzelbänden. Herausgegeben von Klaus Kastberger. © Suhrkamp Verlag Frankfurt am Main 2001

    Supplementband II zur Kommentierten Werkausgabe in Einzelbänden. Herausgegeben von Klaus Kastberger. © Suhrkamp Verlag Frankfurt am Main 2005

Band 1: *Zur schönen Aussicht und andere Stücke.* (st 3333)
Band 2: *Sladek.* (st 3334)
Band 3: *Italienische Nacht.* (st 3335)
Band 4: *Geschichten aus dem Wiener Wald.* (st 3336)
Band 5: *Kasimir und Karoline.* (st 3337)
Band 6: *Glaube Liebe Hoffnung.* (st 3338)
Band 7: *Eine Unbekannte aus der Seine und andere Stücke.* (st 3339)
Band 8: *Figaro läßt sich scheiden.* (st 3340)
Band 9: *Don Juan kommt aus dem Krieg.* (st 3341)
Band 10: *Der jüngste Tag und ändere Stücke.* (st 3342)
Band 11: *Sportmärchen und andere Prosa.* (st 3343)
Band 12: *Der ewige Spießer.* (st 3344)
Band 13: *Jugend ohne Gott.* (st 3345)
Band 14: *Ein Kind unserer Zeit.* (st 3346)
Supplementband I: *Himmelwärts und andere Prosa aus dem Nachlaß.* (st 3347)
Supplementband II: *Ein Fräulein wird verkauft und andere Stücke aus dem Nachlaß.* (st 3698)

Schöne insel taschenbücher
für Liebhaber des boshaften Humors
zum Lesen und zum Verschenken
an saubere Freunde, gute Feinde
und andere falsche Fuffziger

Shaw für Boshafte
Ausgewählt von Thomas Kluge
it 3205. 126 Seiten

Schopenhauer für Boshafte
Ausgewählt von Norbert Wank
it 3226. 102 Seiten

Karl Kraus für Boshafte
Ausgewählt von Christine M. Kaiser
it 3240. 112 Seiten

Arno Schmidt für Boshafte
Ausgewählt von Bernd Rauschenbach
it 3241. 100 Seiten

James Joyce für Boshafte
Ausgewählt von Friedhelm Rathjen
it 3242. 117 Seiten

Heine für Boshafte
Ausgewählt von Joseph A. Kruse
it 3273. 120 Seiten

Nietzsche für Boshafte
Ausgewählt von Norbert Wank
it 3274. 104 Seiten

Oscar Wilde für Boshafte
Ausgewählt von Denis Scheck und Christina Schenk
it 3309. 120 Seiten

Nestroy für Boshafte
Ausgewählt von Peter Cardorff
it 3310. 120 Seiten

Wilhelm Busch für Boshafte
Ausgewählt von Thomas Kluge
it 3311. 120 Seiten

NF 711/2/09.07